LA VENGEANCE DU LOUP

La collection *Regards croisés*
est dirigée par Marion Hennebert

Série *Viêt-nams Viêt-nam*
dirigée par Phan The Hong

Déjà paru, dans la même série :
Nam Cao, *Chí Phèo, paria casse-cou*
Nguyên Huy Thiêp, *Un général à la retraite*
Nguyên Huy Thiêp, *Le Cœur du tigre*
Nguyên Huy Thiêp, *Les démons sont parmi nous* (hors commerce)
Nguyên Khac Truong, *Des fantômes et des hommes*
Duong Thu Huong, *Histoire d'amour racontée avant l'aube*
To Hoai, *Les Aventures de Grillon*
Vu Bao *et alii*, *Le Héros qui pissait dans son froc*

Couverture : Antoinette Sturbelle
Illustration : © Barbara Banthien (d. r.)

ISBN 2-87678-339-8

Nguyên Huy Thiêp

La vengeance du loup

Traduit du vietnamien
par Kim Lefèvre

éditions de l'aube

Vents de Hua Tat

Au nord-ouest des hauts plateaux du Tonkin, à quelques lieues du col de Chiêng Dông, se trouve un hameau peuplé de Thaï noirs appelé Hua Tat.

Niché au creux d'une vallée étroite, Hua Tat est surplombé de pics élevés et se prolonge par un petit lac qui, à ce qu'on dit, n'a jamais été à sec. À l'automne, un tapis de chrysanthèmes sauvages en illumine les rives et leurs reflets dorés jettent un éclat si ardent que l'œil a peine à le soutenir.

Plusieurs routes relient ce hameau à l'extérieur. La principale, entièrement pavée, est assez large pour laisser passer un buffle. Elle est bordée de manguiers, de bambous, de roseaux et d'une grande quantité de plantes grimpantes dont les noms sont encore inconnus. C'est le chemin le plus fréquenté. Un roi en aurait jadis foulé le sol.

La vallée de Hua Tat est peu ensoleillée. Une légère brume l'enveloppe été comme hiver, si bien qu'à travers ce rideau diaphane, l'œil ne perçoit des gens et des bêtes qu'une ombre aux contours brouillés. C'est une atmosphère propice aux légendes.

À Hua Tat, les légendes fleurissent comme les boutons d'or qui tapissent le bord des sentiers ou ornent les haies.

Le buveur qui garde dans sa bouche l'une de ces fleurs ne sera jamais terrassé par l'ivresse. Elles fleurissent comme ces galets qui dorment au creux des torrents, pierres blanches veinées de rouge, particulièrement appréciées des femmes mariées. Elles les portent cent jours durant entre peau et chemise avant de les glisser en secret dans la couche nuptiale. L'époux qui s'est endormi sur cette couche ne rêvera jamais plus à une autre femme.

Hua Tat est un hameau retiré. Ses habitants y mènent une vie simple et laborieuse. Tout est dur, pénible : la culture sur brûlis, la chasse. Cela ne les empêche pas de se montrer hospitaliers et généreux.

Le voyageur qui se rend à Hua Tat sera tout d'abord invité à s'asseoir près du foyer. On lui offrira une corne d'alcool accompagné d'un peu de gibier séché et, s'il s'avère droit et honnête, le maître de maison lui contera l'une des nombreuses légendes qui font la richesse de la vallée. Il se pourrait que ces légendes parlent un peu trop de la souffrance humaine. Mais celui qui sait en saisir le sens caché sentira naître en lui de plus nobles sentiments, une plus grande lucidité et un plus grand désir de faire le bien.

Les personnages qui peuplent ces légendes ont disparu depuis longtemps. Leurs dépouilles sont venues nourrir la terre de Hua Tat, leurs cendres se sont confondues à celles qui gisent dans les foyers. Leur âme cependant continue à planer au-dessus des toits.

Comme le vent.

Première histoire
La vengeance du loup

Il y avait, à Hua Tat, une famille de chasseurs du nom de Hoang. Lorsque Hoang Van Nhân vit le jour, la renommée de sa famille était déjà bien établie dans toute la région. Nhân était excellent tireur, aussi était-ce toujours à lui qu'on faisait appel pour mener les battues. Il n'avait jamais peur. En cela il ressemblait à son père et, avant ce dernier, à son grand-père et à son arrière-grand-père.

Nhân avait deux épouses, dont aucune ne lui avait donné d'enfants. Vers la cinquantaine, il se maria de nouveau et cette fois, comble de chance, sa troisième femme mit au monde un garçon, un enfant si beau qu'on eût dit un ange tombé du ciel. Monsieur Nhân lui donna le nom de Hoang Van San.

San n'avait pas encore huit ans que son père l'emmenait déjà avec lui dans la forêt. Monsieur Nhân tenait, en effet, à faire de son fils un chasseur émérite.

Les vieux notables du village lui disaient :

— Nous te conseillons de garder ton fils à la maison jusqu'à sa treizième année. Car avant cet âge, les enfants sont encore soumis à la convoitise des fantômes. Et méfie-toi de la forêt : n'y conduis pas ton fils trop tôt, il n'en sortira rien de bon !

— Moi, à cinq ans, mon père m'emmenait déjà avec lui à la chasse ! répliqua monsieur Nhân.

— Autre temps, autres mœurs ! répondirent les vieux notables. De plus, ton père avait quatre enfants, tandis que toi, tu n'en as qu'un…

Mais monsieur Nhân se contenta de leur opposer un rire sceptique. Nous autres jeunes gens, nous sommes comme monsieur Nhân, nous opposons souvent un rire sceptique à ce que disent les personnes âgées. Nous ignorons à quel point leurs paroles peuvent s'avérer prophétiques. Les vieux savent regarder la peur en face, bien que cela ne leur soit pas plus agréable qu'à nous…

San grandissait en âge et en savoir-faire. À huit ans, il savait comment poser des pièges à faisans, à dix il tirait dans le mille sept fois sur dix. Monsieur Nhân se disait que le temps était peut-être venu d'initier son fils à la chasse au gibier sauvage. Il l'emmena donc, à l'âge de douze ans, à la chasse au loup.

Pour cette occasion, monsieur Nhân avait pris avec lui une bonne trentaine d'hommes. Le loup est, de tous les animaux de la forêt, le plus intelligent et sans doute le plus orgueilleux. Mais il peut aussi se montrer cruel et extrêmement rusé. Lorsqu'une meute de loups se sent traquée, elle est capable de faire diversion en laissant les éléments les moins importants attirer les chasseurs à leur suite, quitte à se faire tuer, afin de permettre aux meneurs de la meute de s'enfuir.

Mais c'était mal connaître monsieur Nhân. En chasseur expérimenté, il ordonna à ses hommes de continuer à poursuivre les proies secondaires, tandis qu'avec quelques autres, il s'acharnait à traquer le loup qui lui semblait être le meneur de la meute. C'était, en l'occurrence, une vieille louve au pelage roussâtre. Elle détalait, le ventre à terre, en zigzaguant. Monsieur Nhân la serrait de près : il voulait qu'elle le conduisît jusqu'à sa tanière.

San courait juste derrière son père. Bien que ce fût sa première chasse au loup, il se sentait en terrain familier car ce n'était pas la première fois qu'il les entendait hurler. Monsieur Nhân avait enseigné à son fils comment interpréter les différentes façons dont hurle le loup ; comment distinguer, par exemple, le cri qui exprime un ordre de celui qui équivaut à un appel ou à la peur… Il n'est jusqu'à leur manière de remuer la queue qui ne veut dire quelque chose.

Lorsque, vers la fin de l'après-midi, la chasse tirait à sa fin, les chasseurs étaient parvenus à tuer la quasi-totalité des loups de la meute.

Restait la louve que les hommes de monsieur Nhân continuaient à rabattre vers sa tanière, une sorte de grotte profonde dans laquelle pendaient des stalactites couvertes de mousse. C'était une vieille louve dont le pelage, sur toute la longueur du dos, était tacheté de poils blancs. Tandis que les chasseurs l'acculaient vers l'entrée de la grotte, la louve fit volte-face, puis, les yeux injectés de sang, se mit à leur tenir tête avec une incroyable férocité. Soudain elle s'immobilisa, comme si une idée lui avait traversé l'esprit, et fixa monsieur Nhân pendant un long moment. On eût dit qu'elle cherchait à graver dans sa mémoire la physionomie du chasseur. L'instant d'après, elle fila comme une flèche au fond de la grotte, là où l'attendait sa nichée de louveteaux. Au moment où elle prit l'un des louveteaux dans sa gueule, des coups de feu éclatèrent. C'était monsieur Nhân qui, ayant pointé le canon de son fusil vers le fond de la grotte, venait de lâcher une volée de plombs. La louve s'écroula sur le louveteau dont elle serrait encore la tête entre les dents. Les chasseurs se ruèrent dans la grotte. Ils sortirent le cadavre de la mère et s'emparèrent des petits. San dégagea de la gueule du cadavre le petit loup qu'il emporta. C'était le plus beau spécimen de la nichée.

Le louveteau fut élevé chez monsieur Nhân où il grandit parmi les chiens de la maison. Il avait gardé au front la marque des dents de sa mère, une cicatrice où les poils n'ont jamais plus repoussé. À force de vivre dans la compagnie des hommes, il avait fini par se comporter comme un chien. Il en avait d'ailleurs le caractère, excepté sur deux points : il avait le regard mauvais et il se conduisait de façon sournoise. Bien qu'il n'eût jamais rien fait qui pût nuire à quelqu'un ou à quelque chose, monsieur Nhân ne l'aimait pas. San non plus. Le jeune loup fit néanmoins ce qu'il pouvait pour éviter toute friction, se montrant même d'une étonnante docilité. Jamais il ne disputait leur nourriture aux chiens, jamais il ne cherchait querelle ni au cheval, ni aux chèvres, ni aux cochons, ni même aux poules. Il vivait dans son coin et n'embêtait personne. On eût dit qu'il savait que personne ne l'aimait.

Les jours passèrent, le petit San finit par entrer dans sa treizième année. Monsieur Nhân décida qu'il était temps de présenter ses offrandes aux fantômes afin d'en libérer son fils. Il ordonna qu'on tuât le cochon et, par la même occasion, le jeune loup, car il voulait offrir un grand banquet aux gens du village.

Tandis que les domestiques s'apprêtaient à égorger le cochon, un effroyable événement se produisit dans la maison de monsieur Nhân.

San était assis à côté de son père ce jour-là. Vêtu de son plus beau costume de lin, il ressemblait à un jeune chef. Comme monsieur Nhân lui demandait d'aller surveiller le travail des domestiques, San hocha joyeusement la tête puis s'élança vers l'échelle de leur maison sur pilotis. Il dévalait les marches quatre à quatre quand le bas de son pantalon se prit dans l'une des barres transversales de l'échelle. San dégringola, la tête la première, et tomba au pied de l'échelle, à l'endroit même où le jeune loup était enchaîné. Dans sa chute, sa tête avait heurté la pierre qui se trouvait tout à côté du loup tandis que sa bouche était venue s'écraser contre la chaîne de fer à laquelle il était attaché. Du sang sortait de sa bouche. L'animal somnolait quand le bruit de la chute de San lui fit relever la tête. À la vue du sang, quelque chose jusque-là enfoui tout au fond de son subconscient se réveilla. Il bondit sur San et lui planta ses crocs dans la gorge, à l'endroit où il portait quelques taches de naissance. Affolés, les domestiques se précipitèrent au secours de l'enfant. Mais le loup, devenu comme enragé, ne voulait pas lâcher prise. Il s'acharnait sur le cou de San, mordant, griffant, arrachant ligaments, tendons, lambeaux de chair ensanglantés. San mourut sur le coup. Il portait à la gorge un trou béant d'où s'échappait, en bouillonnant, un flot de sang. Le sang giclait, inondant la gueule du loup dont la tête hirsute se colorait progressivement de rouge vif.

On eut le plus grand mal à arracher le loup à sa proie. Quant à monsieur Nhân, les yeux inondés de larmes et le corps secoué de tremblements, il se dirigea sur la bête en tenant une hache à la main. Les gens s'écartèrent pour le laisser passer. Le loup, effrayé, recula sous les pilotis, enroulant au fur et à mesure sa chaîne autour du poteau auquel il était attaché. Levant alors sa hache, Monsieur Nhân l'abattit comme un forcené sur la chaîne de fer. La lame se tordit sous la violence des coups. La chaîne cassa, des maillons s'éparpillèrent au sol. Délivré, le loup poussa un long hurlement avant de se sauver du côté de la forêt. Un bout de chaîne pendait encore à son cou. Ceux qui assistaient à la scène demeurèrent comme pétrifiés sur place. Quant à monsieur Nhân, après avoir jeté sa hache, il se laissa tomber à genoux près du corps de son unique enfant. Ses doigts décharnés et ensanglantés labouraient le sol.

Deuxième histoire
Mademoiselle Bua

À Hua Tat vivait une femme singulière du nom de Lo Thi Bua. Personne ne la saluait, personne ne lui adressait la parole. « C'est un démon ! Ne vous en approchez pas ! » recommandaient les mères à leurs filles. Et les femmes à leur mari.

C'était pourtant une femme charmante. Elle était grande, avec des hanches larges, un corps musclé, une gorge pleine et ferme. Elle était toujours souriante. Il se dégageait de sa personne une sorte de lumière qui faisait qu'on se sentait tout de suite attiré vers elle.

Bua vivait seule avec ses neuf enfants. Personne ne savait qui en étaient les pères. Bua elle-même ne pouvait dire avec certitude lequel des hommes qu'elle avait connus était le père de quel enfant. Nombreux furent ceux qui l'avaient prise puis qui l'avaient abandonnée. Il y en avait de toutes sortes : des adolescents sentant encore le lait, trop immatures pour pouvoir assumer leur rôle de père ; des messieurs expérimentés ; des hommes courageux, comme ce chasseur par exemple ; des hommes regardants... Chacun avait sa façon de la prendre ; chacun avait sa façon de la quitter. En amour, c'est bien connu, les mâles sont habituellement circonspects et irresponsables, tandis que les femelles pêchent par excès de confiance et de dévouement. Bua recevait avec la même ardeur tous ceux qui venaient à elle, comme elle leur manifestait la même indifférence quand ils la quittaient. Elle s'occupait, toute seule, de ses neuf enfants. On ne lui connaissait aucune attache ni aucune liaison avec les hommes du village. Elle menait sa vie sans honte, au vu et au su de tous. Se souciait-elle jamais du qu'en dira-t-on ? Personne ne saurait le dire.

Bua et sa nombreuse famille vivaient dans la joie, la bonne entente et... la pauvreté. C'était quelque chose qui exaspérait les femmes du village et les mettait hors d'elles-mêmes. À telle enseigne qu'elles n'arrêtaient pas de distiller leur venin en tenant toutes sortes de propos méprisants à l'encontre de la jeune femme. Mais au fond d'elles-mêmes, elles avaient peur. Quant aux hommes du village, ils avaient décidé d'en rire mais on voyait bien qu'ils la désiraient. Ils en parlaient ensemble, le soir, autour des braseros, bavant d'envie et les yeux luisants de convoitise.

À Hua Tat, tout le monde a une famille, mais une famille selon les règles de la bienséance. On menait une vie décente, se conformant aux préceptes moraux édictés depuis des générations : la femme avec le mari, les enfants avec leur père ! Jamais encore on n'avait vu, à Hua Tat, un phénomène tel que Bua : une femme sans mari ! Des enfants sans père ! Et pas seulement un, mais neuf ! Neuf enfants dont pas un ne ressemblait à l'autre ! Les commentaires malveillants se propageaient dans tout le village, telle une épidémie. Une épidémie qui provoquait d'insupportables démangeaisons chez les femmes et qui déclenchait comme des bouffées de fièvre chez les hommes... Bien entendu, c'étaient les femmes qui en souffraient le plus. Aussi ne tardèrent-elles pas à mettre en demeure leurs maris de faire ce qu'il fallait afin de trouver une solution satisfaisante à cette affaire. Ou ils chassaient Bua du village, ou ils se débrouillaient pour retrouver le père de ses enfants. Car, enfin, comment pouvait-on tolérer la présence d'une telle famille ? Quand on songe qu'en grandissant ses enfants deviendraient des hommes et des femmes de Hua Tat ! Ne risqueraient-ils pas de mettre en péril toute une société fondée sur l'ordre et la morale ?

Les hommes se réunirent à maintes reprises sans parvenir à prendre une décision. Le fait était qu'ils se sentaient coupables. Leur conscience les tourmentait. Mais ils n'avaient pas le courage d'avouer qu'ils étaient les pères de ces enfants. Ils pensaient à ce que diraient leurs femmes dont le caractère, bien que fidèle, était si emporté. Ils pensaient au qu'en dira-t-on. Ils pensaient surtout à la vie de pauvreté qui les attendait.

Or, cette année-là, Dieu sait pourquoi, la forêt de Hua Tat donna une incroyable quantité d'ignames. N'importe qui pouvait, rien qu'en se baissant, en ramasser d'aussi gros qu'il le désirait. C'étaient des tubercules légèrement spongieux, au parfum lourd et un peu gras, mais qui devenaient, une fois bien mitonnés, d'une extrême onctuosité et dont le goût vaguement amer vous chatouillait agréablement le palais. Bua et ses enfants s'étaient rendus dans la forêt, comme tout le monde, pour y déterrer des ignames. Car la forêt, généreuse et tolérante, ne rejette personne.

Un jour, en suivant une vieille racine, Bua et ses enfants tombèrent sur une cruche en grès ébréchée, dont la couleur s'était ternie avec le temps. Bua enleva la couche de terre qui obstruait la cruche et, ô surprise, découvrit qu'elle était remplie de lingots d'or et d'argent qui scintillaient au soleil.

Bua n'en croyait pas ses yeux. Elle tomba à genoux, tremblante d'émotion, tandis que des larmes de bonheur ruisselaient sur son visage. Les enfants, pressés autour de leur mère, la regardaient timidement.

Du jour au lendemain, la femme la plus pauvre, celle que tout le monde méprisait, devint la personne la plus riche de tout le village.

Les hommes de Hua Tat n'eurent plus besoin de se réunir pour décider de ce qu'ils allaient faire au sujet de Bua. Un à un, ils se rendirent chez la jeune femme pour reconnaître leur rejeton. Quant à leurs épouses, si fidèles mais si emportées d'ordinaire, elles n'eurent de cesse de presser leurs maris afin qu'ils aillent chercher le leur. Bua découvrit que ses enfants n'avaient pas neuf, ni même vingt, mais bien une cinquantaine de pères. Elle refusa de les accepter comme tels. Elle offrit néanmoins un présent à chacun afin qu'ils pussent faire plaisir à leurs femmes vertueuses.

À la fin de la même année, Bua se maria avec un chasseur. Un homme gentil, veuf et sans enfants. Sans doute aimait-elle vraiment pour la première fois, car elle versa des larmes de bonheur pendant sa nuit de noces. Avec les autres, elle ne pleurait jamais.

Il aurait été juste qu'elle eût avec l'homme que son cœur avait élu un enfant, son dixième enfant. Mais elle n'avait pas coutume de concevoir dans le cadre d'une morale établie, encore moins dans l'abondance. Elle mourut le jour de ses couches, dans le confort et la chaleur d'un lit douillet.

Tous les habitants du village de Hua Tat vinrent à son enterrement. Ils lui avaient pardonné, comme elle leur avait sans doute pardonné, elle aussi.

Troisième histoire
Terre oubliée

Lo Van Panh était assurément l'homme le plus célèbre de Hua Tat. À quatre-vingts ans passés, non seulement il avait encore toutes ses dents mais elles étaient restées aussi solides que celles d'un jeune homme de dix-sept ans. Il buvait comme quatre, abattait le travail de trois personnes et pouvait, d'une seule main, soulever le lourd pilon du mortier qui servait à blanchir le riz. À Hua Tat, même les vagabonds le craignaient et le respectaient.

Monsieur Panh avait trois femmes, huit enfants et une trentaine de petits-enfants. C'était une famille unie et leur vie était plutôt facile. Mais la famille, c'est comme un feu de charbon. Si chaque morceau dégage assez de chaleur pour réchauffer les autres, ils finissent toujours par se consumer mutuellement. C'est ainsi. Aucune famille n'y échappe.

Rien ne serait arrivé si monsieur Panh s'était contenté de rester confiné dans sa vallée de Hua Tat. Seulement voilà : un jour, sans crier gare, l'idée lui vint d'aller acheter des buffles à Muong Lum. À la vérité, point n'est besoin d'aller aussi loin pour acheter des buffles. Il suffisait de se rendre dans les villages limitrophes, à Chi ou à Mat par exemple, pour trouver les meilleurs buffles de labour qui soient. Mais monsieur Panh avait vécu à Muong Lum jadis, du temps où il était encore jeune homme. D'anciens souvenirs étaient revenus le tarauder.

Muong Lum était une terre lointaine et retirée, située à l'extrémité de Yên Châu. En langue thaï, Muong Lum signifie *terre oubliée.* C'était là que se trouvaient les forêts les plus anciennes et les plus impénétrables, les arbres les plus vieux, les oiseaux les plus nombreux et les plus variés.

Ce jour-là, lorsque monsieur Panh juché sur sa monture s'approcha de Muong Lum, il commençait à faire nuit. Pour comble, il se mit à grêler.

Monsieur Panh regarda autour de lui, cherchant des yeux un abri, mais il ne voyait, à perte de vue, que des collines d'herbes à paillote dont les feuilles étaient coupantes comme des rasoirs. La grêle redoublait de force. Le cheval, terrorisé, refusa d'avancer : il raclait le sol de ses sabots en poussant des hennissements à fendre l'âme.

Monsieur Panh mit pied à terre. Il jurait dans sa barbe : il n'avait, de sa vie, vu une grêle aussi violente. Le vent soufflait avec furie. Des grêlons lui cinglaient douloureusement le corps. Éclairs et tonnerre ébranlaient le ciel. Le cheval, pris de panique, tira sur les rênes qu'il cassa et s'enfuit en dévalant la colline à toute allure. Monsieur Panh s'apprêtait à le rattraper quand il vit au loin une ombre qui courait dans sa direction. Il crut tout d'abord à une vision. Mais en regardant plus attentivement, il s'aperçut qu'il s'agissait d'une jeune fille. Elle revenait des champs de brûlis. La pluie l'ayant surprise, elle courait droit devant elle en invoquant la clémence du ciel. De temps en temps, il la voyait trébucher, tomber, puis se remettre à courir. Arrivée à la hauteur de monsieur Panh, la jeune fille, à bout de forces, fléchit sur ses genoux. Monsieur Panh n'eut que le temps de la recevoir dans ses bras.

La grêle continuait à faire rage. Des grêlons les mitraillaient comme des balles. Monsieur Panh se courba sur la jeune fille, afin de mieux la protéger, tandis que celle-ci, le visage enfoui dans ses mains et tremblant de tout son corps, s'appuyait avec confiance contre sa poitrine nue et puissante.

— Allons... n'ayez pas peur... n'ayez pas peur, lui murmurait monsieur Panh d'une voix rassurante. La colère de Then ne va pas durer...

Ils se tenaient immobiles, l'un contre l'autre, au milieu des herbes à paillote, sous la fureur de la grêle et du tonnerre. Une sensation de vertige submergea monsieur Panh. De sa vie, une vie pourtant longue et riche d'expériences, il n'avait éprouvé un pareil sentiment. Il découvrit que c'était précisément ce qu'il avait toujours ardemment désiré. Ni l'amour qu'il avait vécu, ni les femmes qu'il avait connues ne lui avaient inspiré un tel sentiment. C'était quelque chose qui ressemblait au *bonheur*.

La grêle cessa. Une lueur rosée filtrait à travers les nuages. La jeune fille retira timidement sa main de celle de monsieur Panh. « Mon Dieu ! Comme elle est belle ! » se disait-il. Soudain, elle se sauva en dévalant la colline. Monsieur Panh courut à sa suite, trébucha, tomba, réussit finalement à l'attraper par le bras.

— Comment t'appelles-tu ? souffla-t-il. Demain, j'irai demander ta main... Veux-tu de moi comme époux ?

La jeune fille, embarrassée, ne dit rien. Après un long silence, elle balbutia :

— Je m'appelle Muôn... J'habite à Muong Lum...

Sur ce, elle se dégagea de l'emprise de monsieur Panh et s'enfuit en courant. Il contempla ses mollets blancs comme deux colonnes d'ivoire tandis qu'un grand bonheur pénétrait dans son cœur. Il dut s'asseoir par terre : il transpirait abondamment et se sentit faible comme s'il était sur le point de s'évanouir. Il se coucha de tout son long dans l'herbe mouillée, laissant avec indifférence les grosses fourmis noires courir sur son torse nu. Il demeura prostré dans cette position jusqu'au moment où son cher cheval, l'ayant retrouvé, souffla sa chaude haleine dans son oreille qu'il mordillait pour le remettre sur pied.

Monsieur Panh arriva à Muong Lum vers midi le lendemain. Tenant son cheval par la bride, il se mit aussitôt en quête de la maison de Muôn. Quand il l'eut trouvée, il s'agenouilla puis déposa au pied du père de la jeune fille toutes les piastres qu'il avait sur lui et qui étaient destinées à l'achat des buffles. Dès qu'il comprit que l'étranger lui demandait la main de sa fille, le père de Muôn éclata d'un rire tonitruant. Il fit venir sa femme, ses enfants, ainsi que les habitants du village afin que tous pussent profiter du spectacle. On s'en donnait à cœur joie. Chacun y allait de sa plaisanterie ou de son commentaire blessant. Monsieur Panh demeura impassible, comme s'il ne les entendait pas. Ni les quolibets, ni les propos acérés comme des coups de couteau qu'on lui portait ne semblaient l'atteindre.

Muôn regardait la scène à travers la fente de la porte. Elle trouvait la chose très drôle et s'amusait beaucoup. Car elle avait complètement oublié les événements de la veille : la grêle, ses larmes de frayeur, sa rencontre avec monsieur Panh dans les collines.

Sans se démonter, monsieur Panh réitérait sa demande en mariage. Cette fois, c'en était trop ! Il avait dépassé les bornes ! Les rires et les plaisanteries cessèrent. À contrecœur, le père de Muôn dut lui dicter ses conditions :

— Puisque vous tenez à être mon gendre, soit ! Mais auparavant, il vous faudra abattre l'arbre de fer qui se trouve au sommet de la montagne Phu luong. Il servira à bâtir la maison que vous habiterez avec votre femme plus tard...

À ces mots, les villageois éclatèrent d'un rire homérique. Ils connaissaient très bien l'arbre dont parlait le père de Muôn. Un arbre au tronc si énorme que dix personnes se donnant la main ne parviendraient pas à l'enserrer. Quant à la montagne où poussait cet arbre, elle était si élevée que, vu de là-haut, le village de Muong Lum ne paraîtrait pas plus grand que le toit d'une de ses maisons sur pilotis.

— Je le ferai ! Mais vous, n'oubliez pas votre promesse ! répliqua monsieur Panh d'un ton tranchant comme un coup de hache.

On raconte que monsieur Panh se rendit dès le lendemain au pied de l'arbre de fer. Mais il n'avait pas plutôt donné le premier coup de hache que ses forces l'abandonnèrent. Il mourut d'une attaque du cœur.

Muôn n'assista pas aux obsèques. Ce jour-là, elle était allée au marché de Yên Châu pour assister à un combat de coqs. Le soir, sur le chemin du retour, la pluie la surprit de nouveau. Mais cette fois il ne grêlait pas.

Quatrième histoire
Le plus singulier des banquets

Ha Thi E était la fille de monsieur Ha Van No, le chef du village. Peu de filles étaient aussi jolies qu'elle. Elle avait une taille de guêpe, des yeux qui scintillaient comme deux étoiles et, lorsqu'elle parlait, ses paroles étaient aussi mélodieuses qu'une musique. Quant à son rire, il était si limpide qu'il faisait penser au cristal le plus pur. Or, elle n'était pas seulement belle, elle était aussi vertueuse. Et sa vertu était inégalée.

Elle était la fierté des habitants de Hua Tat. Leur vœu le plus cher était de la voir épouser un homme qui fût digne d'elle. C'était ce que souhaitait son père, monsieur Ha Van No, et aussi ce que pensaient les anciens du village. Car la marier à quelqu'un qui ne la méritait pas reviendrait à offenser Then lui-même. N'était-elle pas un cadeau que Then leur avait envoyé ?

Mais qui choisir ? La question fut portée à l'ordre du jour afin qu'on pût en débattre. Certes, ce n'étaient pas les prétendants qui manquaient : tous les garçons rêvaient de devenir le gendre du chef Ha Van No. Certains étaient originaires de Hua Tat, d'autres non. Or, lequel choisir ? Après une nuit blanche passée à vider cinq bonbonnes d'alcool, les anciens conclurent qu'il fallait organiser un concours : *celui qui posséderait la vertu la plus haute et la plus rare* obtiendrait la main de mademoiselle E.

Cela n'allait pas sans difficultés. En effet, qui déciderait qu'une vertu est haute ou rare ? Comment savoir si quelqu'un la possède ou non ? La jeunesse de Hua Tat était en effervescence. Dans tous les foyers, on se rassemblait pour en discuter. L'alcool coulait à flots, les viandes de gibier défilaient. Il est vrai que la jeunesse d'aujourd'hui ne sait plus réfléchir sans boire…

On en était là lorsqu'un jeune homme à fière allure se présenta.

— La vaillance est la vertu la plus haute et la plus rare, affirma-t-il devant le chef No et l'assemblée des anciens. Or, vous avez devant vous un homme vaillant.

— Tu dois nous en fournir la preuve ! répondit le père de E.

Le jeune homme s'en fut dans la forêt. À la fin de la journée, on le vit revenir avec, sur son épaule, un sanglier. L'animal, énorme, devait peser plus d'un quintal. Ses soies étaient aussi raides que les piquants d'un hérisson et, bien qu'il fût mort, ses yeux injectés de sang semblaient exprimer encore toute sa férocité. Le jeune homme jeta la bête sur le plancher, au pied de l'assistance. Ses yeux étincelaient, il semblait auréolé de lumière. Des chuchotements d'admiration fusèrent de toutes parts.

Le chef No fit venir sa fille.

— Vois, ma fille, comme ce garçon est courageux. Regarde la preuve qu'il nous apporte…

E sourit. Son cœur palpita d'émotion quand elle vit les yeux du vaillant garçon venu solliciter sa main. Ils étaient brûlants comme le feu. Cependant, en fille avertie, elle se disait qu'un homme vaillant serait toujours tenté par le danger…

— Ce que vous dites est vrai, mon père, fit-elle. Ce jeune homme, ayant fourni la preuve de son courage, possède sans aucun doute la plus haute des vertus… Cependant, je crains que ce ne soit pas la vertu la plus rare, car il ne lui a fallu qu'une journée pour en apporter la preuve…

Les anciens hochèrent sentencieusement la tête. Ils trouvaient que E avait raison. On fit tout de même dépecer le sanglier, on festoya toute la nuit afin de rendre hommage à la bravoure de celui qui possédait la vertu la plus haute mais non la plus rare, car c'est celle que possède tout habitant de la forêt.

Une autre fois, un jeune homme à la mine éveillée vint trouver l'assemblée du village.

— La perspicacité est la vertu la plus haute et la plus rare déclara-t-il.

— Tu dois fournir la preuve que tu l'as ! lui dirent les anciens.

Le jeune homme s'en fut dans la forêt. À la fin de la journée, on le vit revenir avec un couple de loutres vivantes. Il les déposa sur le plancher, devant l'assemblée ahurie. La loutre est l'animal le plus intelligent de la forêt. Elle a un odorat très sûr : rares sont ceux qui réussissent à la capturer. Le jeune homme contemplait l'assemblée en souriant. Ses yeux étincelaient, il semblait auréolé de lumière. Des chuchotements d'admiration fusèrent de toutes parts.

Le chef No dit à sa fille :

— Ne trouves-tu pas que c'est un jeune homme bien perspicace ? Regarde la preuve qu'il apporte.

E sourit. Une fois de plus elle sentit son cœur palpiter d'émotion. Car, dans les yeux du garçon, il y avait, outre une flamme brûlante, quelque chose de sombre comme un ciel d'orage. Cependant, elle se reprit. Les hommes perspicaces sont souvent voués à la déception, voire au malheur, se dit-elle, car ils comprennent tout trop vite…

— Mon père, répondit E, ce jeune homme a certes prouvé qu'il possède la plus haute des vertus. Mais, voyez-vous, je doute que ce soit une vertu rare, car il lui a suffi d'une journée pour vous en rapporter la preuve…

Les anciens hochèrent de nouveau sentencieusement la tête. On tua les loutres, on en fit un festin qui dura encore toute la nuit, car on voulait rendre hommage à la perspicacité de celui qui possédait la vertu la plus haute mais non la plus rare, car c'est celle que possède tout habitant de la forêt.

Une autre fois, un jeune homme gros et gras arriva à cheval au village.

— La richesse est la plus haute et la plus rare des vertus, lança-t-il.

Il se mit à déverser sur le plancher tant d'or et tant d'argent que l'assemblée en fut éblouie. Ni le chef No, ni les anciens ne trouvaient rien à répliquer. Ils n'avaient encore jamais vu quelqu'un d'aussi riche.

— Quand on est riche, on n'a pas besoin de le prouver, poursuivit le jeune homme gros et gras.

Les anciens hochèrent sentencieusement la tête. Le chef No fit de même. Le jeune homme gros et gras sourit. Il semblait auréolé de lumière. Dans ses yeux il y avait non seulement du feu, de l'orage, mais quelque chose de ténébreux comme la nuit.

Le chef No dit à sa fille :

— Alors, ma fille… Ne crois-tu pas que la richesse est la plus haute et la plus rare des vertus ?

— C'est en effet quelque chose de rare, répondit E. Mais la richesse n'est pas une preuve de vertu, c'est plutôt une preuve d'immoralité... car on ne devient pas riche sans avoir commis bien des crimes et des malversations.

À ces mots, les anciens éclatèrent d'un rire sonore. Et on festoya de nouveau toute la nuit afin de rendre hommage au riche jeune homme.

À la fin, un garçon originaire de Hua Tat se présenta devant l'assemblée. Il était orphelin et s'appelait Hac. C'était le meilleur chasseur du village. Il leur dit :

— C'est la probité qui est la plus haute et la plus rare des vertus.

— Si tu l'as, prouve-le ! lui répondirent en chœur les habitants de Hua Tat.

— La probité n'est pas une parure qu'on exhibe à son cou afin que tous puissent l'admirer et la toucher, rétorqua Hac.

Un vent de colère agita l'assemblée. Les anciens s'interrogèrent entre eux. Quant au chef No, il était vert de rage.

— J'exige que tu nous en apportes la preuve ! hurla-t-il.

Il était d'autant plus en colère qu'il avait surpris le regard de sympathie que sa fille avait jeté au garçon.

— Sinon, comment peut-on te croire ? Comment peut-on savoir que tu es un homme probe ? poursuivit le chef No.

— Then le sait, lui ! répondit simplement Hac.

— Et moi aussi, je le sais ! ajouta calmement E.

— C'est de la folie ! rugit le chef No.

Et il se tourna vers les anciens pour quêter leur aide. Car son expérience lui avait appris qu'ils savent toujours se tirer des situations les plus embarrassantes et les plus compliquées.

— Dans ce cas, nous aimerions que tu interviennes auprès de Then, dit l'un des anciens à Hac. Tu n'ignores pas que nous souffrons durement de la sécheresse, qu'il n'y a pas un torrent qui ne soit à sec. Si tu es vraiment un homme honnête, alors demande à Then de nous envoyer Sa pluie, Il ne te la refusera pas !

Les habitants de Hua Tat dressèrent dès le lendemain un autel afin que Hac puisse invoquer la pluie. Il faisait une chaleur suffocante. Hac s'avança sur l'estrade puis, levant ses yeux au ciel, il murmura :

— J'ai toujours vécu de façon honnête. Et bien que l'honnêteté ne soit jamais récompensée, je Vous prie d'en tenir compte. Si mon mérite pouvait, si peu soit-il, servir à racheter les péchés de ce monde et lui apporter un peu de joie, alors, je vous en supplie, faites qu'il pleuve...

L'air était immobile, le ciel était sans nuages. Soudain, un vent venu on ne sait d'où s'éleva, les feuilles se mirent à bruisser au sommet des arbres, des tourbillons de poussière s'élevèrent du sol. Vers la fin de l'après-midi, le ciel se couvrit et, lorsque la nuit tomba, il se mit à pleuvoir.

Cette fois, on festoya durant tout un mois, car on célébrait les noces de Hac avec E, la fille du chef No. Tout le monde était ivre mort, car tout le monde avait bu abondamment. Y compris les poutres de la maison, y compris les arbres du jardin qui furent, eux aussi, arrosés d'une corne d'alcool.

Cinquième histoire
Sa

Sa était le garçon le plus fou de Hua Tat. C'était le benjamin de monsieur Panh – celui qui avait une famille de huit enfants et de trente petits-enfants –, que tout le monde considérait comme le personnage le plus célèbre de la région.

Sa était, dès son jeune âge, un garçon dissipé et assoiffé d'aventures. Son plus grand rêve, son rêve de toujours, était d'accomplir quelque chose d'extraordinaire, quelque chose qui le ferait entrer tout droit dans la légende. Aussi, négligeant le plus souvent conseils et mises en garde, n'en faisait-il qu'à sa tête.

Parlait-on d'alcool ? Que celui capable de vider vingt cornes d'affilée se mesure à lui ! Parlait-on de chasse ? Que celui capable de courir après un chevreuil pendant trois jours et trois nuits, jusqu'à ce que la bête, n'en pouvant plus, se couche d'épuisement se mesure à lui ! Personne ne lançait la balle de chiffon aussi vite et aussi bien que lui lors des fêtes du village. Personne, mieux que lui, ne savait tirer du *khèn* des sons aussi mélodieux et ensorceleurs. Enfin, personne ne parvenait à conquérir le cœur des femmes avec plus de succès que lui.

Une fois, alors que les hommes avaient mis toute une journée à pêcher les poissons du lac, Sa retourna leur barque juste au moment où ils allaient se partager le butin. Et tandis que les pêcheurs s'arrachaient les cheveux en l'accablant d'injures, Sa se tordait de rire, puis, sautant dans l'eau, il dispersa les poissons auxquels il venait de rendre la liberté.

Il était si fou qu'il prenait le moindre mot prononcé de travers pour une provocation. Il était alors capable de sauter sans réfléchir dans le brasier le plus brûlant. En revanche, il considérait tout éloge, fût-il d'un enfant ou d'une jeune fille, comme le trésor le plus précieux. Or, ironie du sort, jamais les habitants de Hua Tat ne lui adressaient le plus petit compliment. Ils ne l'appelaient d'ailleurs jamais par son prénom. « Le fou », « le cinglé », « le dingue », voilà comment ils l'appelaient. Sa était comme une bête curieuse égarée parmi les hommes. Il en était extrêmement malheureux. À tel point qu'il finissait par douter de son intelligence et de ses capacités. Au milieu de la fête, sa joie parfois s'éteignait, il devenait taciturne et sans réaction, comme s'il s'était brusquement changé en statue de pierre. Il lui arrivait de passer des jours, parfois des mois, à fabriquer un jouet ou une arme qu'il jetait dès qu'ils étaient terminés. Personne n'avait confiance en lui, personne ne se risquait à lui confier le moindre travail tant son caractère semblait à tous imprévisible et déroutant. La solitude dans laquelle il était tenu le torturait. Mais son goût pour la vie était si fort, ses espérances si violentes qu'il ne pouvait faire autrement que de s'écarter des sentiers battus. À trente ans, alléché par les beaux discours d'un marchand de sel venu de la plaine, Sa quitta Hua Tat dans l'idée de réaliser, ailleurs, ses rêves d'exploits.

Son départ sembla ôter à Hua Tat sa joie de vivre. Les hommes se battaient avec moins de férocité. Les femmes hésitaient à tromper leurs maris. Finis les sourires. Finis les festins qu'on prolongeait jusqu'à l'aube. Même les oiseaux qui traversaient le ciel de Hua Tat semblaient battre des ailes avec moins d'entrain. Quant aux habitants de Hua Tat, ils affichaient des mines renfrognées, comme si le travail leur était devenu brusquement trop dur à supporter. C'est alors qu'ils se mirent à penser à Sa, regrettant soudain de l'avoir laissé partir.

Or, les nouvelles de Sa que leur apportait de temps en temps le marchand de sel ne cessaient de les plonger dans la plus grande perplexité. Tantôt ils apprenaient que Sa avait rejoint les patriotes qui soutenaient le roi dans sa lutte contre la colonisation ; tantôt ils découvraient qu'on l'avait envoyé comme ambassadeur dans des pays lointains. Le bruit courait même qu'on l'avait exilé pour avoir trempé dans une conspiration visant à renverser le trône.

Les mères finirent par citer ses hauts faits comme des exemples à suivre pour leurs enfants. Les villageois avançaient son nom chaque fois qu'ils devaient opposer, sur un point ou sur un autre, les hommes de Hua Tat à ceux des autres communes, allant jusqu'à citer des exploits que Sa n'avait jamais accomplis. Car la renommée de Sa était devenue un motif de fierté pour tout le village.

Les mois et les années passèrent. Un jour, alors que les habitants de Hua Tat avaient fini par le croire mort à l'étranger, Sa réapparut au village.

Ce n'était plus le jeune garçon dissipé et farceur d'autrefois, mais un vieillard voûté, déguenillé et qui avait tout l'air d'un sauvage. De plus, il avait perdu une jambe et ses yeux ne voyaient plus très clair.

Les villageois se précipitèrent pour le questionner sur les hauts faits qu'il avait accomplis, mais Sa se montra d'une excessive discrétion, se contentant de confirmer les quelques actions que lui avait prêtées le marchand de sel.

Les habitants de Hua Tat lui firent construire une maison sur pilotis où il mena une existence tranquille et sans histoires, comme celle de la plupart des gens.

Il se maria sur le tard. Il eut un fils et vécut jusqu'à l'âge de soixante-dix ans. On dit qu'avant de mourir, il avait déclaré :

— Je considère la vie sans histoires que j'ai menée à Hua Tat comme le plus bel exploit de ma vie.

Faut-il le croire ? En tout cas, personne à Hua Tat n'a soutenu le contraire. Ce que l'on sait, en revanche, c'est que les villageois lui organisèrent des funérailles dignes de celles d'un prince.

Sixième histoire
Épidémie de choléra

Il y avait, à Hua Tat, un couple nommé Lu et Hênh. Ils se connaissaient depuis leur plus tendre enfance. Ils avaient grandi ensemble, s'étaient aimés, mariés, avaient eu des enfants. Ils savaient tout l'un de l'autre : le caractère, la manière d'être, jusqu'aux pensées les plus intimes. Ils ne s'étaient jamais quittés. Lorsque l'épidémie de choléra éclata à Hua Tat, il y avait déjà cinquante ans qu'ils vivaient ensemble.

Parti de Muong La, le choléra s'était d'abord propagé à Mai Son puis à Hua Tat. Il y arriva par une étrange journée. Pluie et soleil se mélangeaient. Des volutes de vapeur s'élevaient comme des miasmes du sol, on frissonnait, on se sentait pris de fièvre. Les enfants moururent les premiers. Les vieillards les suivirent de près. Les pauvres moururent avant les riches, les honnêtes gens avant les filous. En quinze jours, Hua Tat avait perdu plus d'une trentaine de ses habitants. On creusa hâtivement quelques fosses où ils furent entassés, puis on les couvrit d'une couche de chaux. La Mort festoyait sous une lune rousse et blafarde.

Pour lutter contre le choléra, les gens de Hua Tat avaient inventé un remède. On broyait un mélange de gingembre, d'ail et de piment qu'on faisait macérer dans de l'alcool de riz. On faisait ingurgiter cette mixture aux malades, y compris aux nourrissons qui tétaient encore leur mère. Le breuvage leur dévorait les entrailles, ils hurlaient de douleur, mais personne ne s'en émouvait. La vie était ainsi faite, personne ne pouvait la traverser sans se faire brûler les entrailles un jour ou l'autre.

Au moment où le choléra sévissait à Hua Tat, Lu n'était justement pas chez lui. Sa passion du jeu – qui lui avait tant de fois porté préjudice – lui avait cette fois sauvé la vie. Tandis que les gens de son village enduraient les ravages de l'épidémie, Lu était occupé à tenter sa chance dans une salle de jeu à Muong Lum. La chance ne l'avait pas quitté pendant dix jours d'affilée. Quoi qu'il fît, il gagnait. S'absentait-il pour aller pisser ? Il gagnait encore. Au point que les autres joueurs le soupçonnaient d'avoir conclu un pacte avec le diable. Lorsque la partie prit fin, Lu ramassa son argent, fit ses adieux à la compagnie et s'en retourna chez lui, au grand dam de ses partenaires.

En chemin, il s'arrêta au marché de Yên Châu où il fit l'acquisition d'un cheval. Il le paya sans même prendre la peine de marchander, si bien que le vendeur, un homme de la plaine, n'en revenait pas. Il s'arrachait les cheveux en se reprochant de ne pas lui avoir demandé davantage. Pour se consoler de cette perte, il entra dans un débit de boisson où il finit par boire tout l'argent que lui avait rapporté son cheval. Quant à Lu, juché sur la bête nouvellement acquise, il rayonnait de bonheur.

Lorsqu'il arriva devant l'entrée du village, Lu vit avec stupeur qu'il était entouré d'une barrière de branches coupées. Quant aux toits des maisons, ils étaient noirs de corbeaux.

Lu voulut rentrer chez lui mais on l'en empêcha. Pour toute explication, on lui désigna la forêt aux fantômes où, lui dit-on, ses enfants avaient enterré leur mère le matin même. Car madame Hênh était morte. La tombe qui portait des traces fraîches de chaux était la sienne.

Fou de douleur, Lu galopa jusqu'à la forêt aux fantômes. Il se jeta à genoux devant la tombe en hurlant :

— Hênh, ô ma chère Hênh... Comment vivrai-je sans toi désormais ? Qui me fera bouillir de l'eau afin que je puisse me débarbouiller lorsque je reviendrai des champs ? Qui cuisinera le chevreuil que je rapporterai de la chasse ?... Avec qui partagerai-je mes joies et mes peines à présent ?

Il se lamenta ainsi pendant très longtemps. Des souvenirs qu'il croyait oubliés lui revinrent soudainement à la mémoire, rendant sa douleur encore plus insupportable. Il s'aperçut qu'il n'avait jamais autant aimé sa femme qu'en cet instant ! Il se reprochait de s'être conduit avec elle comme un ingrat, comme un homme sans cœur, alors que c'était la plus patiente et la plus magnanime des femmes. Plus il se rappelait ce qu'elle avait fait pour lui et plus il se sentait rongé de remords. Elle lui réservait les meilleurs morceaux, les meilleurs habits... Elle ne vivait que pour lui et leurs enfants. Elle l'aimait comme une mère, une sœur ; elle le servait comme une servante. Mais lui, qu'avait-il fait pour elle pendant les cinquante années de leur vie commune ?

Il posa son front contre la tombe encore fraîche. Soudain, il entendit un gémissement. Mon Dieu ! C'était celui de Hênh ! Il en était sûr ! Il ne pouvait pas se tromper, car il connaissait sa voix par cœur, il aurait même pu reconnaître sa respiration. Surmontant son épouvante, il se mit à gratter avec frénésie la terre qui recouvrait la tombe. Pourvu qu'on l'ait enterrée par erreur ! implora-t-il.

Plus il creusait et plus les gémissements devenaient perceptibles. Lu était fou de joie. Il avait les mains ensanglantées, mais il ne sentait rien. Enfin, il réussit à atteindre le cercueil. Il souleva le couvercle : Hênh respirait encore.

Il la sortit de la bière, l'installa précautionneusement sur la selle de son cheval, puis, ramassant sa bourse, il galopa vers le village de Chi où il espérait lui trouver un médecin. Là non plus on ne le laissa pas entrer. Il essaya de soudoyer les gardes en leur offrant la moitié de ce qu'il possédait. En vain. Cependant, Lu insista tant et si bien qu'ils le laissèrent finalement passer, non sans lui avoir extorqué au préalable les deux tiers de sa bourse.

Aussitôt franchies les portes du village, Lu se précipita chez le médecin. Il lui offrit tout l'argent qui lui restait afin qu'il fasse ce qui était en son pouvoir pour sauver Hênh.

Pas une seconde il n'avait songé à la contagion. Il contracta le choléra. Ils moururent tous deux dans la nuit. Le médecin utilisa l'argent que Lu lui avait donné pour organiser leurs funérailles.

Ils furent enterrés dans la même tombe. Avant de la recouvrir de terre, on y jeta, en même temps que de la chaux, une pleine poignée de billets que Lu avait gagnés au jeu. Sans doute celui-ci devait-il sourire de contentement.

Le choléra fut éradiqué à Hua Tat peu de temps après. Mais il fallut plusieurs générations pour que l'horreur qu'il avait suscitée s'efface des mémoires. La tombe où reposent Lu et Hênh était devenue un monticule recouvert de rotangs épineux... Les grandes personnes la baptisèrent « Tombe des amours fidèles » ; quant aux gamins, ils disaient tout simplement que c'était la tombe de deux personnes mortes du choléra.

Septième histoire
Le plus gros gibier du monde

Un jour, des étrangers arrivés on ne sait d'où décidèrent de s'établir à Hua Tat. Ils se bâtirent une maison à la sortie du village, près de la forêt des fantômes. C'était un couple passablement âgé qui n'avait pas d'enfants. Ils ne se déplaçaient jamais l'un sans l'autre. La femme, sombre, taciturne, ne desserrait pas les dents. Personne n'avait encore entendu le son de sa voix. Le mari, grand, maigre, avait une figure fermée et un nez crochu comme un bec d'oiseau. Ses prunelles, profondément enfoncés dans les orbites, ressemblaient à une eau stagnante où brillaient, de loin en loin, des lueurs phosphorescentes et glacées.

C'était un fameux chasseur. On eût dit que son fusil avait des yeux. Il lui suffisait de le pointer sur une bête pour être sûr de l'avoir. Il ne la ratait jamais. Derrière sa maison, ce n'était qu'amoncellement de plumes d'oiseaux et tas d'ossements. Des plumes en décomposition, noires comme de l'encre de Chine. Des os d'un blanc de craie, traversés de traînées jaunâtres de moelle pourrie, dont la puanteur était insupportable. On eût dit deux tombes. Ce vieux chasseur, c'était la Mort personnifiée. Tous les animaux avaient peur de lui.

Les autres chasseurs ne l'aimaient pas. D'abord parce qu'ils le jalousaient, mais par-dessus tout parce que ses façons les révoltaient. Il tuait sans distinction tout ce qui se trouvait à portée de son fusil. Quelqu'un avait même raconté qu'il l'avait vu tirer sur un paon en train de faire la roue. Vous vous rendez compte ? Un paon superbe, avec un cou flexible comme une jeune tige de riz, une queue multicolore en éventail qui jetait des éclats au soleil et deux pattes tournant gracieusement sur elles-mêmes ! Fallait-il qu'il fût amoureux pour réussir un tel exploit ! Or, tandis que le paon faisait le beau, pan ! le fusil tressauta dans les mains du chasseur, une langue de feu jaillit du canon. Le paon s'effondra. Ses ailes couleur d'arc-en-ciel se teintèrent de sang. La femme, une petite vieille osseuse et noiraude, surgit comme par enchantement, ramassa le paon qu'elle fourra sans mot dire dans sa hotte.

Toutefois, notre vieux chasseur n'avait touché que du gibier sans importance : de petits volatiles, d'insignifiants rongeurs. Il ne lui était encore jamais arrivé de tomber sur une proie d'envergure, un carnassier pouvant atteindre plusieurs centaines de kilos par exemple. Son fusil ne lui avait jusqu'à présent rapporté que du menu fretin, des bestioles trop bêtes pour oser lui échapper. C'était précisément cela qui le blessait et le tourmentait.

Les habitants de Hua Tat évitaient le couple avec ostentation. Nul ne les fréquentait, nul ne leur adressait la parole. Si d'aventure on les croisait, on changeait vite de direction. Le couple vivait à l'écart, replié sur lui-même.

Or, vers la fin de cette année-là, de grands fauves semèrent la terreur dans la forêt. Les arbres perdirent leurs feuilles, les oiseaux s'enfuirent, les bêtes se terrèrent. Pas la moindre trace de gibier à des lieues à la ronde. Les habitants de Hua Tat n'avaient jamais connu des temps aussi difficiles. On disait que c'était un châtiment de Then. Le vieux chasseur et sa femme avaient de plus en plus de mal à trouver leur subsistance. Ils erraient des jours entiers dans la forêt sans tomber sur une seule proie. C'était la première fois que cela leur arrivait. Trois mois s'écoulèrent sans que le vieux chasseur eût l'occasion de se servir de son fusil. Il se levait chaque jour avant l'aube, partait dans la forêt où il restait jusqu'à la nuit noire. Sa femme, déjà si maigre, n'eut plus la force de le suivre. Aussi restait-elle à l'attendre, devant le feu, à la maison. Un feu dont la flamme, au lieu d'être rouge, était étrangement phosphorescente, comme les yeux d'un loup luisant dans l'obscurité.

Cela faisait bien une semaine que le chasseur n'était pas rentré chez lui. Il avait tant marché, il se sentait si fatigué qu'il pensait défaillir. Ses genoux se dérobaient, ses muscles étaient devenus bouillie, il avait l'impression que si on les pinçait, il s'en écoulerait un peu de liquide rouge comme lorsqu'on écrase une sangsue entre les doigts. Il avait fouillé la forêt de fond en comble. Pas l'ombre d'un gibier, pas le plus petit oiseau, pas même un papillon ! Il était dérouté, il ne comprenait rien à ce qui se passait. Il commençait à avoir peur. Se pourrait-il que ce fût le châtiment de Then, comme on l'avait prédit ?

Les jambes tremblantes, à bout de forces, il se résolut à rentrer chez lui. Il se traîna jusqu'au ruisseau qui coulait à l'entrée du village. Là, il s'arrêta puis jeta un regard sur sa maison située à l'autre extrémité. Une flamme verte y brillait. Il se disait que sa femme était sans doute en train de l'attendre. Il ferma les yeux. Lorsqu'il les ouvrit, il décida de retourner dans la forêt car il venait de flairer une odeur de fauve... Cette fois, la chance était avec lui. Il vit le paon, celui qui avait fait la roue devant lui autrefois. Il vit ses pattes tourner légèrement vers la droite tandis que sa queue, déployée en arc de cercle, était légèrement inclinée vers la gauche. Sur sa tête, des plumes d'un vert profond jetaient des éclats incandescents. Le vieux chasseur épaula son fusil : pan ! On entendit, en même temps que la détonation, un hurlement de douleur. Le vieux courut vers la bête blessée : c'était sa femme. Lasse de l'attendre, elle avait décidé d'aller à sa rencontre. Elle tenait encore à la main un bouquet de plumes de paon.

Il se jeta à plat ventre auprès de la morte. Il perçut, mêlée à l'odeur du sang, celle un peu âcre des feuilles en décomposition et, tout au fond, quelque chose qui lui rappelait l'odeur du fauve qu'il avait senti.

Il se mit à grommeler comme un sanglier blessé. Il demeura dans cette position pendant un temps indéfini. Les nuages, très noirs, semblaient descendre de plus en plus bas. La forêt s'assombrit, la terre devint brûlante comme une personne saisie de fièvre. L'aube commençait à poindre. Brusquement, il bondit sur ses pieds avec la souplesse d'un jeune singe. Il venait d'avoir une idée : utiliser le cadavre de sa femme pour appâter du gros gibier. Ce serait le plus gros gibier de sa vie. Il courut se cacher au cœur d'un buisson, à un jet de pierre du cadavre en décomposition de sa femme, arma son fusil et attendit, le cœur battant. Mais Then l'avait puni. Il ne vit venir aucun gibier. Seulement la Mort.

Trois jours plus tard, on découvrit son cadavre. Il était tout recroquevillé quand on le sortit du buisson. Une balle lui avait traversé le crâne. Il avait finalement atteint son but : tuer le plus gros gibier de sa vie.

COULE, MA RIVIÈRE...

En arrivant à Côc, la rivière décrit un arc de cercle, creusant la bande de sable qu'elle repousse de plus en plus loin vers l'ouest. C'est sur cette bande, au pied du kapokier solitaire, que se trouvait l'embarcadère. Tout était triste et mélancolique. La rivière roulait des eaux mi-rêveuses, mi-désolées. À la floraison, lorsque le kapokier, perdant toutes ses feuilles, se colorait d'un plumeau de fleurs écarlates, on éprouvait à le voir une tristesse indéfinissable. L'eau coulait paresseusement. Au cœur du courant battait une vague dont la crête portait une pointe noire, semblable à celle d'une lance. L'embarcadère était presque toujours vide : il ne venait jamais personne. En hiver, des martins-pêcheurs – plumes noires et pattes jaunes – venaient se poser en longues rangées sur le filin qu'on avait tendu entre le kapokier et la rive opposée, afin de permettre aux passeurs de s'y agripper. Penchés au-dessus de l'eau, ils surveillaient le courant en poussant des cris affolés. Au crépuscule, la cloche de l'église lançait ses notes qui demeuraient un moment suspendues au-dessus de l'eau avant d'aller se perdre au loin. La rivière avait un bref sursaut mais reprenait vite son cours rêveur, comme quelqu'un qui n'est pas dupe mais est tellement plongé dans ses pensées qu'il ne lui reste ni le temps, ni l'envie de s'intéresser au tumulte du monde.

Nous sommes liés, cette rivière et moi, depuis les temps lointains de mon enfance. En ce temps-là, j'habitais à quelque cinq cents mètres de l'embarcadère où j'allais parfois flâner à la sortie de l'école.

La saison que je préférais était celle de la pêche aux aloses. J'adorais le bruit sec et précipité des baguettes de bois qu'on frappait l'une contre l'autre pour rabattre le poisson, celui des vagues qui venaient se briser contre les barques. Sous la faible clarté des étoiles, l'eau se ridait en une multitude d'ondes argentées, c'était merveilleux à voir. Des dizaines de barques se balançaient nonchalamment au-dessus de l'eau, on entendait des toussotements, le sifflement de la pipe à eau, le murmure des prières... C'était merveilleux à écouter.

Au matin, une épaisse nappe de brume noyait le paysage ; il était alors impossible de distinguer l'eau de la rive, ou même le ciel de la terre. Des centaines de poissons argentés se débattaient au fond des barques, on sentait l'odeur un peu âcre du bois qui brûle puis celle, plus grasse, du poisson qui grille. Tout – ce que je voyais, ce que je respirais – m'enchantait. Mais ce qui m'enchantait le plus était la légende selon laquelle un buffle noir vivait ici, au fond de la rivière. Les pêcheurs juraient leurs grands dieux qu'ils l'avaient vu, un jour, aux environs de minuit. Il jaillissait comme une flèche des profondeurs, montrant un corps luisant, des cornes pointant droit vers le ciel et des naseaux dont le souffle évoquait le bruit d'une forge. Tandis qu'il galopait sur l'eau comme sur de la terre ferme, une écume semblable à des œufs de poisson s'échappait de sa bouche. On dit que celui qui parviendra à avaler, ne serait-ce qu'une petite gorgée, de cette écume sera doté d'une force surhumaine ; il pourra vivre sous l'eau aussi naturellement que les poissons et les crevettes.

Cette histoire était, pour l'enfant que j'étais, d'un attrait irrésistible. Je rêvais de voir un jour ce buffle. Qui sait si je ne bénéficierais pas de ses bienfaits ? Dès que le soir tombait, je me précipitais hors de chez moi, négligeant aussi bien mes devoirs de classe que les recommandations de ma mère. Je courais jusqu'à l'embarcadère où je suppliais les pêcheurs de me prendre avec eux, les assurant que je travaillerais pour rien, qu'ils n'auraient pas besoin de me payer. Je finissais toujours par en convaincre un, bien qu'il me fallût pour cela user beaucoup de salive.

— D'accord, je t'emmène avec moi, mais pas au-delà de Côc, dit, magnanime, celui qui m'avait fait monter dans sa barque cette fois-là. Il faut être un idiot pour ne pas rester au fond de son lit par ce froid. Pourquoi veux-tu apprendre à pêcher des aloses, dis-moi ?

— Il a l'intention de monter une coopérative quand il sera plus grand ! ricana méchamment un gros type à la peau sombre, assis dans la barque à côté. Jésus Marie ! Si même les morveux se mêlent de pêcher la nuit, alors il ne nous reste plus qu'à bouffer des arêtes !

— Moi, je dis qu'il faut le jeter à l'eau ! Pourquoi ne pas laisser le génie des eaux s'occuper de lui ? menaça un autre qui, rapprochant sa barque de la nôtre, me ficha dans les côtes un coup de rame qui me laissa étourdi de douleur.

— Emmène-le, si tu tiens à ce qu'il nous porte malheur ! grogna un vieux borgne en brandissant sa rame d'un air menaçant.

— Écoute, petit, il faut que tu descendes ! dit mon patron qui commençait à s'affoler. C'est le chef Thinh et je ne veux pas avoir d'histoires avec lui.

— Laissez-moi venir avec vous... suppliai-je, ne m'avez-vous pas dit que vous m'emmèneriez jusqu'à la sortie de Côc ?

— Il n'y a pas de sortie de Côc qui tienne ! fit mon patron, moitié irrité, moitié gêné, tout en manœuvrant la barque pour la rapprocher de la rive. Et puis, regarde : ma barque ne fait que prendre l'eau depuis que tu es monté ; tu ne voudrais tout de même pas que je me retrouve au fond, en proie au génie des eaux ?

J'ai dû barboter dans l'eau pour regagner la rive. Tandis que la barque s'éloignait, je la suivais des yeux en pleurant. Un poisson me frôla brusquement la jambe de ses écailles poisseuses mais douces.

Une autre fois, ce fut le gros type lui-même qui me prit avec lui. Il s'appelait Tao. Il avait des yeux vitreux comme ceux d'un poisson mort et une cicatrice, grande comme la main, lui défigurait le visage. D'une voix basse et uniforme, il me dit :

— Je te laisse monter avec moi mais à une condition : que tu m'obéisses au doigt et à l'œil ! Sais-tu que j'ai pêché de nuit lorsque j'avais ton âge ? C'était une nuit de crachin : il commençait à faire froid. J'ai lancé mon filet, puis, comme d'habitude, j'ai essayé de le ramener en tirant de toutes mes forces. Mais le filet était aussi lourd que si on y avait attaché un boulet. Je me suis dit : « Tant mieux, il doit être plein de poissons... » Mais lorsque j'ai réussi à remonter le filet, qu'est-ce que tu crois que j'ai trouvé ? Une tête de noyé ! Des algues s'étaient mêlées à ses cheveux qui retombaient comme de gros vers. Sa figure était enflée à force de rester sous l'eau ; elle était toute ramollie, on aurait dit un kaki trop mûr. Du sang, poisseux comme de la bave, était resté collé à ses trous de nez... Et lorsque ma main a heurté la mâchoire, les dents sont tombées d'un seul coup. Elles avaient des racines aussi longues que ma phalange et des fils qui ressemblaient à du fil à coudre les entortillaient... La tête du mort me fixait de ses yeux grands ouverts. Brusquement, ils se sont mis à enfler comme de gros ballons, ils débordaient de leurs orbites comme si on était en train de les gonfler avec une pompe...

Son histoire me donnait des sueurs froides. J'en oubliais de ramer. La barque tournait sur elle-même en dessinant des tourbillons dans l'eau.

— Pourquoi est-ce que tu ne rames plus ? hurla tout à coup Tao. Tu as donc si peur que tu pisses déjà dans ton froc ?

Puis, avançant vers moi ses doigts boudinés, aussi gros que des bananes, il me saisit à la poitrine :

— Je te conseille de foutre le camp de ma barque ! Et plus vite que ça ! Qu'est-ce que je vais devenir si, à cause de toi, je tombe de nouveau sur une tête de noyé ?

J'éclatai en sanglots. Je me précipitai à ses pieds en implorant. La barque se trouvait au beau milieu de la rivière et le kapokier, tout là-bas, ressemblait à une main d'enfant dont les doigts se tendaient désespérément vers le ciel.

— Saute ! hurla de nouveau Tao en montrant ses dents comme des crocs. Ou tu auras ma rame dans la figure !

Je me laissai glisser dans l'eau. Je nageai silencieusement, ne quittant pas des yeux le kapokier que j'avais pris comme point de repère. La barque de Tao remontait le courant. Son rire tremblait au-dessus de l'eau :

— Tu ferais bien de te dépêcher de nager ! Car c'est là que j'ai trouvé la tête du noyé !

Je serrais les dents pour ne pas éclater en sanglots. Mon cœur battait à m'étouffer. Le courant, terriblement fort, m'emportait. Je compris, à cet instant, que tout ce qui me restait à faire, c'était d'essayer de nager jusqu'à la rive...

Mais il arrivait qu'on me laissât assister à une pêche entière, du début jusqu'à la fin. Cette fois-là, je me trouvais dans la barque du chef Thinh, le vieux borgne. Il était célèbre pour sa vie aventureuse qui, à ce qu'on disait, ne manquait pas d'épisodes effrayants. Autrefois, quand il était encore un tout jeune homme, il avait servi comme soldat dans l'armée française. Celle qui devait devenir sa femme par la suite avait alors deux enfants, des enfants aux yeux bleus, à la peau claire et au nez proéminent. On racontait qu'il avait assassiné le capitaine français avec qui elle était en ménage pour la lui prendre. À mon avis, il devait tremper encore dans bien d'autres affaires car il se faisait régulièrement convoquer au comité du district où il finissait toujours par se faire condamner à quelques jours de prison. Du temps où il tenait encore une gargote de soupe aux raviolis, le bruit courait qu'il utilisait, pour les farcir, de la viande de rats piégés à l'arsenic. On fit goûter ses raviolis à un chien qui mourut. Ceux qui avaient mangé la viande du chien moururent eux aussi. Quinze jours plus tard, il mit le feu à sa gargote. On racontait qu'au plus fort de l'incendie, un rat aussi gros que le mollet d'un homme jaillit des flammes en ricanant... Tel était l'homme qui avait accepté de me prendre avec lui. Aussi tremblais-je comme une feuille quand il fallut monter dans sa barque. Mais mon goût du merveilleux était plus fort que ma peur. Je saisis la rame et me mis au travail, bien décidé à suivre ses instructions à la lettre.

Il commença par me faire longer la rive du côté où il y avait des éboulements, si bien que notre barque avait sur les autres une avance d'environ un demi-kilomètre. J'observais sa manœuvre en me disant que c'était décidément un sacré vieux loup de mer, qu'il possédait toutes les ficelles du métier... En effet, il savait toujours à quel endroit il fallait que nous nous arrêtions. Parfois, il lui arrivait de somnoler pendant de longues heures, me laissant me débrouiller tout seul avec la barque. Il se réveillait alors aux environs de minuit, l'air tout guilleret, et se mettait à me raconter des histoires à n'en plus finir.

« Pêcher, c'est le plus vieux métier du monde, me disait-il. Il y a des siècles, Simon et ses frères étaient déjà pêcheurs. Un jour, en les voyant, Jésus leur dit : "Suivez-moi et je ferai de vous des pêcheurs d'hommes !" » Le vieux aspira une longue bouffée de sa pipe à eau avant de poursuivre d'un ton triste : « L'autre jour, j'étais encore convoqué au comité du district. "Quel métier exercez-vous ?" m'ont-ils demandé. "Je suis pêcheur", ai-je répondu. Ils se sont tordus de rire : "Et qu'est-ce que tu pêches ? Des hommes ?" Ils me prenaient pour Simon, ma parole ! »

« De tous les métiers, le plus facile est celui de voleur... disait-il encore. Une nuit, alors qu'il tombait du crachin, un groupe de rôdeurs m'a dit : "Dites donc, chef Thinh, vous ne trouvez pas que ce serait formidable si on pouvait s'offrir un ragoût de viande de chien ?" "Chez le chef Thinh, il suffit de demander pour être servi !" ai-je répondu. C'était histoire de parler, je n'avais aucune idée de ce qu'il fallait faire pour tenir ma promesse... À ce moment, je me suis rappelé qu'on venait de tuer un chien chez le chef du canton Thi. J'ai pris ma veste et je suis sorti. Lorsque j'ai senti, du côté des cuisines du chef du canton Thi, un parfum de ragoût de chien, je me suis dit que les choses ne pouvaient mieux se présenter pour moi. J'ai jeté un coup d'œil dans la pièce principale : les invités étaient occupés à jouer aux cartes. Alors je suis entré dans la cuisine où, sans me démonter, j'ai dit aux domestiques :

“Le repas est-il prêt ? Les invités m’envoient vous dire qu’ils n’en peuvent plus d’attendre… Cependant, si vous voulez bien éteindre toutes les lumières, je profiterai de l’obscurité pour vous servir un bol à chacun avant de leur apporter la marmite !” Sitôt dit, sitôt fait : pendant qu’ils avaient le nez dans leur ragoût, j’ai pris la marmite et j’ai filé ! »

Et il riait dans sa barbe. Son rire m’irritait et m’attristait à la fois. De l’autre côté de la rivière, la jeune lune éclairait le quai d’une lumière bleutée et irréelle. Le vent était doux comme une caresse. Un oiseau de nuit jetait au passage un cri perçant. Du côté du kapokier, l’aurore commençait à poindre.

— Et l’histoire du buffle noir, mon oncle, est-ce qu’elle est vraie ? demandai-je au chef Thinh.

Le chef Thinh éclata d’un rire sonore en se renversant contre le gouvernail. Tout au fond de son orbite, son œil valide brillait :

— Écoute, petit, ça fait soixante ans que je pêche dans ces parages… je peux dire que je connais par cœur chaque courant, chaque vague… Eh bien ! crois-moi : le buffle noir n’existe pas ; ce n’est qu’un mensonge, une histoire à dormir debout. À Côc, la vérité, ce sont les histoires de meurtres, de vols, d’adultères… Ton buffle noir n’existe pas, absolument pas !

J’étouffai un soupir. La barque flottait dans le courant.

Nous dûmes faire un détour pour la ramener au milieu de la rivière, là où les autres barques s’étaient déjà rassemblées. Le claquement des baguettes de bois emplissait la nuit. Soudain, le chef Thinh se dressa en criant d’une voix méconnaissable :

— Un banc de poissons !

Ceux des autres barques l’avaient vu eux aussi. Une véritable bataille s’engagea entre les pêcheurs. Les filets pleuvaient de toutes parts. Comme notre barque se trouvait coincée au milieu des autres, il nous était impossible de lancer notre filet. Le chef Thinh jurait entre ses dents. Je ne sais quelle manœuvre il effectua, mais la barque fit brusquement un bond en avant. Je tombai à la renverse. Au moment où j'allais me relever, la barque tangua puis se retourna. D'abord, je n'ai pas compris ce qui m'arrivait. J'avais la bouche pleine d'eau, j'étouffais. J'étais paniqué. Je hurlai au secours de toutes mes forces. Bientôt mes membres se raidirent, tandis qu'une douleur aiguë me traversait : j'étais en train de couler. Je fus saisi d'épouvante, car je venais de me rappeler que les pêcheurs ne portaient jamais secours à ceux qui se noient... Avant de sombrer dans l'inconscience, j'eus le temps d'entendre une voix qui disait : « Ça tombe bien : le génie des eaux n'a encore attrapé personne cette année ! »

Une femme hurla. Un voile noir me recouvrit, je perdis connaissance.

Lorsque je revins à moi, j'étais couché au fond d'un bac. Une femme dont le visage était dissimulé sous un fichu se trouvait à mes côtés. Ses grands yeux noirs s'éclairèrent quand elle vit que j'avais repris conscience.

— Eh bien ! Te voilà revenu à toi !... Veux-tu un peu de soupe au poisson ?

J'essayai de me redresser. Je tremblais de tous mes membres. Je tendis la main vers le bol de soupe, j'avais très faim, mais j'étais si faible que je n'arrivais pas à le saisir.

— Laisse, je vais te donner à manger, dit avec douceur la jeune femme. J'ai bien cru que tu étais mort. Tu étais raide comme un cadavre et quand le vieux Tao t'a secoué par les pieds, il est sorti je ne sais combien de litres d'eau. Qu'est-ce que tu peux être imprudent ! Tu ne sais pas qu'aller à la pêche avec le vieux Thinh, c'est risquer sa vie ?

— C'est toi qui m'as sauvé, grande sœur ?

— Oui... Je t'ai entendu crier au secours.

— Les pêcheurs de nuit sont des gens méchants ! lui dis-je tristement. Quand j'ai hurlé au secours, ils ont tous fait semblant de ne pas entendre...

— Ne leur en veux pas, fit la jeune femme d'une voix mélodieuse. Ils sont méchants parce que personne ne les aime... Ils ont toujours faim, c'est pourquoi ils ont l'esprit si borné...

Je l'écoutai avec stupéfaction, car personne ne m'avait encore parlé de cette façon. Il faisait un temps splendide ce matin-là, comme il arrive parfois au milieu de l'hiver : une journée si tiède qu'on eût dit que le soleil, devenu brusquement généreux, envoyait sur terre ses rayons les plus brûlants. Le ciel était d'un bleu profond, le vent chassait les grains de sable qui tournoyaient en dessinant de minuscules tourbillons au fond du bac. De la rive opposée nous parvint un chant d'une étrange tristesse :

Coule, ma rivière...
Pourquoi se tourmenter ?
L'eau efface tout
Jusqu'au souvenir des héros...

La chanson flottait au-dessus de la rivière. D'épaisses volutes de brume montaient de la surface de l'eau. Mon cœur débordait de bien-être, un bien-être étrange, comme si je sortais d'un bain, comme si je m'étais lavé de tout ce qu'il y avait d'obscur en moi.

C'est ainsi que je liai connaissance avec sœur Tham. Elle habitait Côc. Sa famille était très pauvre. Elle était passeuse, c'est pourquoi on la voyait toute la journée sur le bac, son visage protégé du soleil par un fichu noir.

Un jour, alors que je l'interrogeais sur le buffle noir, sœur Tham me dit :

— Bien sûr qu'il existe ! Il a sa maison au fond de l'eau. Et quand il se montre, c'est pour donner de la force aux gens… Mais pour le voir ou profiter de ses miracles, il faut être quelqu'un de bien.

Je l'ai crue sur parole. Car je n'avais pas perdu l'espoir de l'apercevoir un jour.

— Les hommes sont en général tellement bornés, me dit sœur Tham, tandis que nous attendions le client, assis à l'une des extrémités du bateau. La vie est pleine de gens qui se fichent de tout. Ils sont plus nombreux que la poussière du chemin.

Je l'écoutais tout en contemplant les fleurs du kapokier. De temps en temps, un pétale rouge se détachait de l'arbre, tournoyait légèrement dans l'air avant de venir se poser tout doucement sur le sable mouillé.

Le sommeil me gagnait peu à peu. De très loin me parvenait la voix de sœur Tham qui racontait la vie des saints :

— Une fois, il y a très longtemps de cela, vivait à Jérusalem un Homme…

L'été qui suivit, mes parents déménagèrent pour aller s'installer en ville. C'est ainsi que je fus séparé de Côc et de sœur Tham. Avant mon départ, sœur Tham m'invita à venir sur son bac afin de partager avec elle un bol de soupe aux aloses. J'étais loin de me douter que ce serait là ma dernière soupe aux aloses, celle qui mettrait fin à mon enfance. Car un autre vie m'attendait. Je sais, en ville aussi on trouve des aloses, mais ce n'est que du poisson séché !

J'ignore à quel moment je me suis fondu dans la vie citadine. J'ai grandi, j'ai poursuivi bien des chimères. Le souvenir de la pêche aux aloses et du buffle noir s'effaça peu à peu de mon esprit.

Et puis, il y un an, alors que j'étais déjà un homme, l'occasion me fut donnée de retourner à Côc. J'étais marié, père de famille et fonctionnaire dans l'administration. Je menais une vie bourgeoise, à l'abri de tout besoin. Il me semble que j'en étais satisfait, car mes rêves d'enfant avaient fini par céder la place à des exigences plus concrètes.

L'embarcadère était resté tel qu'autrefois. J'ai retrouvé, sur la digue, la tache blanche des aloses qui séchaient au soleil. Comme d'habitude, il n'y avait personne sur le quai. Le kapokier était toujours là, ses fleurs rouges suscitant en moi le même sentiment de tristesse indéfinissable.

Alors que je mettais le pied sur le bac, une étrange émotion me saisit. Une vieille femme, assise à l'arrière, contemplait l'eau d'un air pensif. Je m'approchai de la vieille.

— Excusez-moi, grand-mère, lui dis-je, pouvez-vous me dire si sœur Tham vit toujours ici ?

— Tham, dites-vous ?

Elle avait l'air un peu surprise. Quant à moi, je demeurais cloué sur place, car je venais de reconnaître le bac de sœur Tham. Tous les souvenirs d'enfance affluèrent à ma mémoire.

— Vous connaissez donc la fille Tham ? dit la vieille d'une voix étranglée. Cela fait des années que personne ne demande de ses nouvelles... Il y a vingt ans qu'elle s'est noyée.

J'éclatai en sanglots. Le paysage se brouillait devant mes yeux. La vieille passeuse poursuivait d'une voix triste :

— La pauvre ! Elle a sauvé un tas de gens ici, mais quand son tour est venu, personne ne lui a porté secours...

De l'autre côté me parvint la chanson que j'avais entendue, il y a si longtemps, et qui me glaça le cœur :

Coule, ma rivière...
Pourquoi se tourmenter ?
L'eau efface tout
Jusqu'au souvenir des héros...

J'avais envie de hurler. J'eus soudain conscience que ma vie n'avait aucun sens. Ou était donc le buffle noir, le buffle noir de mon enfance ?

Sur l'autre rive, une voix impatiente cria :

— Ohé... passeur... Passeur, m'entendez-vous ?... Ohé...

Jour de pluie

Mon amour,

Je t'écris cette nouvelle vers huit heures du matin, dans le café le plus minable de la ville. Il n'y a presque personne à cette heure-ci, je ne risquerai donc pas d'être dérangé.

Il pleut.

Tandis que j'écris... ton visage s'est brusquement imposé à moi. Où es-tu ? Toutes mes pensées cheminent vers toi. Je te vois, nettement, comme si tu étais réellement là, en train de mettre en ordre mes mots épars.

Il pleuvait aussi ce jour-là, t'en souviens-tu ? Nous étions assis à l'écart, dans un coin un peu sombre. Devant nous, deux femmes, l'une grande, l'autre petite, bavardaient. Elles étaient jolies toutes les deux. Je t'ai dit de porter ton attention sur la plus grande, celle dont les cheveux tombaient jusqu'aux épaules et qui se renversait sur sa chaise toutes les fois qu'elle se mettait à rire. Tu m'as demandé comment elle s'appelait et je t'ai dit : « Appelle-la comme tu veux, un nom, ce n'est jamais qu'un symbole. Disons qu'elle s'appelle N. » « Alors l'autre s'appelle M., c'est ça ? » « C'est ça ! »

— Tu veux que je te dise ? dit M. Tu ne sais rien de lui. Il va te gâcher la vie. Je t'en prie, arrête de l'aimer !

— Mais qui te dit que je l'aime ? Je ne suis pas si bête... N. prit sur la table une fleur qu'elle se mit à déchiqueter. Cependant, il faut reconnaître que c'est un gentil garçon... et intelligent. Avec lui j'apprendrai peut-être quelque chose ?

— Ce n'est pas avec les hommes qu'une femme apprendra quoi que ce soit ! Tout ce qui les intéresse, c'est de nous attirer dans leur lit et de nous susurrer des mots doux. Mais nous sommes si bêtes que nous croyons que c'est arrivé, que nous tenons le grand amour... l'homme de notre vie ! C'est ainsi que nous courons à notre perte.

— Tu exagères... soupira N.

Elles se turent toutes les deux. On entendait le battement régulier de la pluie.

N. dit :

— Quand il dit des poèmes, il a une voix merveilleusement grave.

— Parce qu'il dit aussi des poèmes ! Sache que cela fait quatre mille ans, depuis l'homme-singe jusqu'à nos jours, que les hommes nous sortent leur numéro de déclamation de poésie pour nous séduire !

— Je te trouve bizarre aujourd'hui. Est-ce que ça va avec ton mari ? Es-tu heureuse ?

— Hum... hum... je ne sais pas. Je suppose que oui. Le hic, c'est que mon mari est un véritable salaud. Il a toujours trompé tout le monde. J'étais au courant, même avant de me marier. Pourtant, je l'avais pris pour un honnête homme.

N. rit en se renversant sur sa chaise. Ses cheveux en recouvrirent tout le dossier :

— Tu n'as pas une cigarette ? Depuis mon mariage, je suis obligée de fumer en cachette... S'il me voyait, il m'assommerait !

— Tu n'as qu'à t'en prendre à toi-même ! Je t'avais bien dit que c'était un salaud, mais tu ne voulais rien entendre. Je déteste ton mari, il ment comme il respire !

— C'est le destin, je n'y peux rien ! D'ailleurs, je considère que ma vie est finie. Faire des enfants, accoucher à l'hôpital – je ne sais pas pourquoi j'ai toujours pensé que je finirais paralytique –, voilà tout ce qui m'attend ! Mais toi, ne suis pas mon exemple, ne l'aime pas !

— Je ne l'aime pas, rassure-toi. Je ne suis pas si bête...

— Jure-le-moi. Jure que tu ne l'aimeras pas !

« Pourquoi fait-elle cela ? m'as-tu demandé. Pourquoi veut-elle empêcher son amie d'aimer ? » « Encore un peu de patience et tu verras que son amie est trop bien élevée pour accepter de jurer ! »

M. tira sur sa cigarette dont le bout se mit brusquement à rougeoyer.

— Je t'en supplie... jure-moi que tu ne l'aimeras pas ! Jure-le-moi !

— Écoute, ne me force pas à jurer, c'est ridicule !

— Est-ce que tu mesures seulement tout le mal qu'il va te faire ? C'est un égoïste. Il n'en fait qu'à sa guise !

— Peut-être...

— Je le connais. C'est un type arrogant. Il ne respecte rien ni personne !

— Mais il est très gentil avec moi... Je dirais même qu'il est charmant.

— Tu n'as rien compris : il est gentil avec tout le monde ! C'est un imposteur. De plus, il n'accorde aucune valeur aux choses de la vie. As-tu vu comment il dépense son argent ? Heureusement qu'on ne lui a pas confié la gestion du pays, il l'aurait ruiné en un clin d'œil.

— En tout cas, je trouve sa poésie très insolite.

— Sa poésie ! Continue à rêver et tu verras où cela te mènera ! Il ne songe qu'à s'amuser, crois-moi ! Une fois, je l'ai vu jouer au volant avec un gosse pendant six heures d'affilée. Tu te rends compte ? Six heures ! Imagine tout ce qu'on peut faire d'utile pendant ces six heures !

— C'est plutôt mignon, non ?

— Je ne vois rien de mignon là-dedans. Il est fou, c'est tout !

Elles se turent de nouveau. On entendait le battement régulier de la pluie.

— Je t'en supplie... sois prudente ! Sais-tu au moins quel danger peut représenter l'amour d'un tel homme ?

— Non... Comment veux-tu que je le sache ?

— Il te brisera le cœur... Tu n'as pas encore compris ? Il n'agira que selon son bon plaisir. Oh ! je ne dis pas qu'il soit incapable de tomber amoureux fou de toi... mais même cela, il te le fera payer... il te couvrira de honte !

— Pourquoi de honte ?

— Est-ce que tu te crois sur une île déserte ? N'as-tu pas aussi des amis, des parents, une grand-mère, des projets ?

— Il est vrai que ma grand-mère est une femme compliquée.

— Eh bien, justement ! Il se fichera de ce qu'elle peut penser. Il lui rira au nez, d'ailleurs il rira au nez de tout le monde... Il n'aura de considération pour personne ! Je t'interdis de l'aimer, tu m'entends ?

— Oui.

— Je t'en supplie... ne l'aime pas...

— Tout de même... il fait d'étranges poèmes. Cela n'a ni queue ni tête. Écoute un peu ça :

C'est bien pour cela que je me réveille au milieu de la nuit
et que je promène ma carcasse à travers les rues...

— C'est quoi « cela », peux-tu me le dire ?

— Comment le saurais-je ? Je lui ai posé la question, comme toi... Il a désigné le ciel en riant... Je crois qu'il n'en sait fichtrement rien lui-même.

— Tu vois... il est fou, je te dis !

— Ce n'est pas tout, écoute encore ça :

Je me suis arraché un poil de la jambe
que j'ai comparé avec celui d'un buffle
J'ai signé un accord
Puis j'ai chassé le vent
afin qu'il remplisse ma chambre solitaire...

M. bondit sur sa chaise :

— Un accord avec le diable, oui ! J'en étais sûre... D'ailleurs, je l'ai toujours su... Il préfère mille fois frayer avec les démons qu'avec les hommes...

— Mais il est capable de sacrifier sa vie pour les choses les plus futiles... D'ailleurs, il est si naïf qu'il gobe tout ce qu'on lui dit.

— Arrête, je t'en supplie, arrête de rêver ! Naïf ou pas, qu'est-ce que ça change ?

— Pour être franche, je n'ai jamais rencontré quelqu'un d'aussi remarquable. Il est chaleureux... sombre comme la nuit parfois... mais très honnête...

— Tu es trop faible avec lui !

Elles se turent encore une fois. On entendait le battement régulier de la pluie.

— Je t'en supplie... ne l'aime pas...

— Oui...

« C'est quoi l'amour ? » m'as-tu demandé. J'ai dit : « C'est la plus belle expression de la vertu, quelque chose qui n'est pas à la portée du premier venu ! » « Mais pourquoi fait-on de la poésie quand on est amoureux ? » « Parce que l'amour fait croire qu'on a du talent. Quoi de plus facile alors que de se mettre à faire des poèmes ? » « Tout est facile dans ce cas, non ? » « Non, pas tout. Il existe au moins une chose qui ne l'est pas. » « Et tu sais ce que c'est ? » « Oui ! » « Et tu l'as, toi ? » « Bien sûr ! » « Alors, je t'aime. »

— Je t'en supplie… ne l'aime pas !

— Non…

— Maintenant, écoute ce que je vais te dire. Il a déjà aimé une fois, il y a très longtemps de cela. C'était une fille de bonne famille. Sais-tu à quoi ressemble une jeune fille de bonne famille ? Je vais te la décrire : elle a des lèvres vermeilles et des yeux d'un noir bleuté, comme les ailes d'un corbeau. Son enfance est nourrie de légendes, de riz parfumé et de mets précieux. Une fille entretenue de cette façon a forcément un teint de lys et de rose, n'est-ce pas ?…

— Épargne-moi tes descriptions, veux-tu ? Elles m'énervent ! D'ailleurs, je ne supporte pas les filles de bonne famille…

— Mais c'est la pure vérité ! Il était donc venu… je me demande s'il savait qu'il lui ferait le plus mortel des cadeaux, celui qui la tuerait aussi sûrement que l'amour qu'il lui proposait… Une chose est sûre : il était très épris d'elle. Qui ne le serait pas ? On pourrait croire qu'à son contact, il deviendrait un autre homme, quelqu'un de plus serein, de plus sage, qu'il renoncerait une fois pour toutes à sa vie de voyou et de vagabond…

M. se tut. Elle alluma une autre cigarette. Le bout incandescent se mit à rougeoyer. On entendait le battement régulier de la pluie.

— Oh ! on ne peut pas dire qu'il se soit comporté comme un homme mal élevé, non ! Il se tenait à distance, se contentant de l'admirer, de la vénérer de loin, comme on vénère le génie tutélaire Trân.

— Pourquoi le génie tutélaire Trân ?

— Parce que c'est un amour platonique, sans aucune sensualité. Il n'y a qu'avec un génie tutélaire qu'on éprouve ce genre de sentiments, non ?

— Je vois... C'est étonnant ce que tu dis, car j'ai l'impression qu'il est devenu plus hardi depuis.

— Tais-toi ! Arrête de penser à lui !

— Comme tu veux.

— Ils vivaient comme en rêve tous les deux. Elle se consumait d'amour pour lui. Imagine un peu... D'une part, une oie blanche dont c'est le premier amour... de l'autre, un coureur de jupons invétéré qui continue à se comporter comme un voyou. Il avait même réussi à berner les parents de la fille dont le père était, pourtant, un intellectuel. Un monsieur qui orne ses murs de portraits d'hommes célèbres, qui aime la littérature classique, la musique classique, la politique classique. Alors qu'en matière de musique, tout ce qu'il savait faire, c'était s'introduire deux doigts dans la bouche pour essayer de sortir un son...

— C'est plutôt mignon, non ?

— Il n'y a rien de mignon là-dedans. Une fois, il a attrapé un gecko qu'il a posé, bien en évidence, sur la table. Puis il s'est mis à l'étudier en le comparant à l'organisation de la société. La tête, disait-il, représente le sommet de la société, son architecture ; les pattes, sa base, son fondement. Quant à la queue, elle symbolise la morale, car, disait-il, à l'instar de la queue du gecko, la morale continue à s'agiter toute seule alors que la vie l'a abandonnée depuis longtemps...

— Il y va fort tout de même !

— Je ne te le fais pas dire. Qui pourrait supporter un type pareil ?

— Personne, en effet !

— C'est pourquoi... je t'en supplie... arrête de l'aimer !

— Puisque je te dis que je ne l'aime pas... Mais, dis-moi, que s'est-il passé entre lui et la jeune fille ?

— Il l'a séduite... ou peut-être que c'est elle qui l'a séduit... Dieu seul le sait ! En tout cas, ils étaient fous l'un de l'autre... Il se mettait en colère dès qu'il ne pouvait pas la voir, ne serait-ce qu'un seul jour. Mais on aurait mauvaise grâce à lui reprocher un amour d'une telle intensité, n'est-ce pas ? Car c'était bien de l'amour, ou je ne m'y connais pas.

— Je vois ce que tu veux dire... Je vois même très bien.

— Voilà que tu penses encore à lui ! Je t'interdis de penser à lui, tu m'entends ? Je t'en supplie... arrête de l'aimer !

— D'accord. Mais raconte.

M. alluma de nouveau une cigarette. Personne ne disait plus rien. On entendait le battement régulier de la pluie.

Tu m'as dit : « Au fond, la vie est terriblement triste, tu ne trouves pas ? » « Ce qui est triste, c'est de vivre sans amour. » « De ces deux filles, laquelle est la plus heureuse d'après toi ? » « L'une d'elles a déjà perdu son bonheur. Quant à l'autre, il semble qu'elle l'ait encore, mais elle risque de le perdre si elle n'y prend garde. »

M. poursuivit :

— Donc, ils s'aimaient. Mais comme tout le monde s'opposait à leur union, il lui a proposé de s'enfuir avec lui.

— Où ?

— Je ne sais pas, dans le coin le plus reculé, le plus arriéré, je suppose.

— Pourquoi le plus arriéré ?

— Parce que aucun endroit civilisé n'aurait accepté un type de son espèce. De toute façon, il s'en fiche, rien ne l'enthousiasme, rien ne le dégoûte…

— Ils se sont vraiment enfuis ?

— Non. Au dernier moment, ils ont renoncé à leur projet de fuite. Ils ont repris chacun leur parole.

— Quelle infamie !

— Comme tu dis…

— Est-ce qu'il était revenu sur sa décision ?

— Un homme comme lui ne revient jamais sur sa décision. Il a le sens de l'honneur, mais pour faire le mal, pour pactiser avec le diable. De toute façon, il a dû se dire que cela ne valait pas la peine de gâcher sa vie pour une femme, même de bonne famille et vertueuse, même avec une peau blanche comme neige et des lèvres vermeilles.

— Il l'a quittée ?

— Il l'a quittée… il n'a plus donné signe de vie. Il s'estimait outragé…

— Ensuite ?

— Ensuite, elle est tombée malade. Il lui a envoyé des médicaments qu'elle a refusé de prendre… Du temps a passé. Elle s'est mise à brûler la chandelle par les deux bouts. Elle avait compris qu'elle ne retrouverait jamais quelqu'un comme lui…

Elles se turent à nouveau. On entendait le battement régulier de la pluie.

— Écoute… arrête de l'aimer. Brûle sa photographie… déchire-la plutôt !

— Tiens…

— Non ! Il faut que tu le fasses toi-même. Vas-y, déchire-la !

N. prend la photo qu'elle déchire en menus morceaux.

Un éclair jaillit. On entendit gronder le tonnerre, puis de nouveau le battement régulier de la pluie.

— Misérable !

— De qui parles-tu ?

— Tu ne peux pas comprendre... Tu ne peux pas comprendre comme la vie paraît misérable quand on a connu un tel amour.

— Elle vit toujours, cette fille ?

— Non, elle est morte. Du moins son âme est morte. Elle est devenue une moins que rien. Elle s'est mariée. Mais son mari ne vaut pas grand-chose non plus. Tout ce qu'il sait faire, c'est voler les gens, ou la battre chaque fois qu'il la surprend avec une cigarette.

— Je ne comprends pas... Tu ne veux tout de même pas dire que c'est toi ?

— Je te demande pardon... L'important est que tu aies déchiré sa photographie, que tu aies fait ce que je voulais que tu fasses.

Elles se turent. On entendait le battement régulier de la pluie.

M. poursuivit d'une voix pleine de larmes :

— Je te demande pardon... Mais toi, ne te crois pas quitte parce que tu as simplement déchiré sa photographie.

— Mais... mais qu'est-ce que tu as ?

— Tu n'as donc rien compris ? Crois-tu que je t'ai raconté toute cette histoire de gaieté de cœur ? Crois-tu que cela ne me faisait rien ? Ne vois-tu pas que chaque mot me déchire le cœur ?

— Mais enfin... Qu'est-ce qui te prend tout à coup ?

— Si tu crois que je t'ai pardonné le mal que tu m'as fait, tu te trompes. Jamais je ne te le pardonnerai, entends-tu ? Car il est tout pour moi. S'il le faut, je quitterai mon mari, je le suivrai jusqu'au bout du monde. Si on l'emprisonne, j'irai lui rendre visite, je lui porterai à manger... Je ferai tout pourvu qu'il me revienne. Mais il ne reviendra pas...

— Seigneur ! Pourquoi m'as-tu raconté tout cela ? Pourquoi ?

— Pourquoi ? Parce que je ne supporte pas, entends-tu, je ne supporte pas qu'il appartienne à une autre femme.

N. se leva et sortit. Un peu plus tard, M. s'en fut à son tour. On entendait le battement régulier de la pluie.

« Au fond, la vie est terriblement triste, tu ne trouves pas ? » as-tu dit. « Non. » « Je me demande qui pouvait bien être l'homme dont elles ont parlé. » « Je ne sais pas. » « Est-ce un fonctionnaire ? Un paysan ? Un travailleur manuel ? » « Je n'en sais rien. » « C'est peut-être un artiste, puisqu'il écrit des poèmes. » « Tu appelles ça des poèmes ? Tu devrais plutôt écouter les miens. Mes poèmes aussi parlent de poils aux jambes... » « Non, pas maintenant. Une autre fois, si tu veux... Tout de même, ça m'intrigue de ne pas savoir de qui elles parlaient. As-tu remarqué la photographie que la fille a déchirée ? Elle a été découpée dans un journal. Ce devait être un homme politique. » « Je ne sais pas. » « En tout cas, ce n'est pas n'importe qui ! »

Il pleut toujours. Il pleut sans discontinuer. Ton visage s'est de nouveau imposé à moi. Comme tu es loin ! Où es-tu ? Toutes mes pensées cheminent vers toi. Il est quatorze heures. J'ai mis six heures à écrire cette nouvelle. Six heures d'affilée. Comme mon personnage, celui qui a passé six heures à jouer au volant. Un champion du volant ! Un vaurien !

Où es-tu à présent ?

Il pleut dehors.

Quand reviendras-tu ?

Le mirage des villes

Pour l'anniversaire de sa fille, madame Thiêu avait organisé un repas de fête. Il y avait, autour de la table ce jour-là, deux bijoutières, deux fonctionnaires qui travaillaient dans la même administration que son mari, et quelques jeunes gens, amis de mademoiselle Thoa. Madame Thiêu paradait dans un ensemble de pure soie dont la couleur beige rosé la faisait paraître dix ans de moins. Quant à Thoa, elle avait décidé de porter un blue-jean et un sweat-shirt rouge. Telle quelle, elle était splendide et avait une sacrée allure. Sa beauté, au dire de sa mère, « venait surtout d'une vie intérieure intense ». Affirmation dont on peut mettre en doute le bien-fondé, car elle n'avait que vingt ans, venait d'échouer aux examens d'entrée à l'université et avait, comme unique activité intellectuelle, un cours du soir d'anglais. Néanmoins, personne ne pouvait nier que c'étaient son extrême jeunesse et surtout la façon charmante qu'elle avait de remuer les hanches ou de froncer le nez qui la rendaient si agréable à regarder.

Autour de la table, les conversations ne manquaient pas d'intérêt. Madame Thiêu évoquait devant un auditoire attentif le temps où elle vivait encore dans la pauvreté.

C'était une façon, comme il arrive souvent aux gens qui ont réussi, de se donner des airs de supériorité. Son but non avoué était de prouver qu'avec de la volonté on pouvait triompher de tout. Bien qu'aucun des convives ne fût assez naïf pour croire que la simple volonté pouvait transformer une vulgaire marchande de soupe ambulante en multimillionnaire, ses mets étaient assez savoureux pour qu'on feigne d'avaler ses balivernes.

Tandis que les discussions commençaient à s'échauffer, la porte d'entrée s'ouvrit : un homme entra d'un pas décidé.

— Frère Phuc ! s'exclama Madame Thiêu.

L'atmosphère de la salle à manger s'anima comme par enchantement. Phuc était le frère cadet de madame Thiêu. Il travaillait dans le cinéma. Il était petit, trapu, portait des cheveux longs et une moustache à la manière des artistes. Il était vêtu d'un pantalon gris. Une saharienne de la même couleur le serrait de si près qu'on pouvait deviner ses muscles sous l'étoffe.

— Désolé d'arriver en retard, dit Phuc en tapotant l'épaule de sa nièce. J'avais du travail. D'ailleurs, je suis venu avec un ami. Il attend dehors.

— Pourquoi l'as-tu laissé dehors ? gronda affectueusement madame Thiêu. Depuis quand fais-tu si peu de cas des gens ? Tes amis sont les miens, tu le sais. D'ailleurs, nous n'avons pas pour habitude de faire des chichis… Allons, fais-le entrer !

— Puisque tu insistes, je vais l'appeler.

Et Phuc sortit du même pas décidé. Il revint l'instant d'après, accompagné d'un jeune homme.

— Je vous présente Hanh, il travaille à la société.

Thoa observa le nouveau venu des pieds à la tête. Il avait la trentaine, des yeux de braise et un pli à la commissure des lèvres qui lui donnait une expression un peu cruelle. Il était en bleu de travail. Il paraissait complètement déplacé dans ce salon élégant.

— Venez, dit madame Thiêu en se poussant pour lui faire une place. Nous fêtons l'anniversaire de ma fille Thoa. On ne se connaît pas encore, mais il faut un début à tout, n'est-ce pas ? De toute façon, il n'y a ici que des gens de la famille.

Hanh sourit d'un air intimidé. Il fit le tour des invités dont il serra la main avec maladresse avant de prendre place à côté de la maîtresse de maison. Madame Thiêu se pencha élégamment vers le jeune homme pour le servir, tel un grand arbre projetant miséricordieusement son ombre sur un lopin de terre sans grande valeur.

La présence de monsieur Phuc apporta comme un regain d'intérêt au repas. Non seulement il savait merveilleusement raconter des histoires, mais il connaissait une foule d'anecdotes savoureuses sur le monde des artistes. Rien ne convient mieux à un repas de qualité que ce genre de personnage ! Un personnage que les fonctionnaires intraitables, comme les collègues de monsieur Thiêu par exemple, traitaient de vagabond et de bon à rien, mais qui était considéré par toute une jeunesse inexpérimentée comme une idole digne de la plus grande vénération. Madame Thiêu était très fière de son frère.

— Celui-là, dit-elle en désignant Phuc, c'est la ténacité en personne !

— Tu exagères, protesta monsieur Phuc. J'en ai essuyé des échecs dans ma vie ! Si tu veux vraiment parler de ténacité, alors il faut te tourner vers la jeunesse d'aujourd'hui. Prenons Hanh par exemple, ajouta-t-il en tapant sur l'épaule de son jeune ami. À trente ans, il a déjà un talent bien affirmé ! Savez-vous que c'est en travaillant tout seul qu'il a décroché ses diplômes universitaires ?

— Tu es trop bon, grand frère… De toute façon, à quoi sert le talent, si on n'a pas le sou ? Je serais riche à l'heure qu'il est, si j'avais vraiment le talent que tu dis ! N'est-ce pas votre avis, ma tante ? ajouta Hanh en se tournant vers madame Thiêu pour quêter son approbation.

— Je n'en sais rien ! répliqua avec embarras madame Thiêu, troublée par le regard osé que le jeune homme avait planté dans le sien. La jeunesse d'aujourd'hui n'est plus comme celle de mon temps, vous savez !

— Il ne rêve que de devenir millionnaire ! déclara monsieur Phuc en souriant.

— Eh bien, c'est un très beau rêve ! décréta d'un ton catégorique l'un des deux fonctionnaires.

— Mais avez-vous une idée de ce qu'il faut faire pour y parvenir ? intervint Thoa.

— Non… pas encore ! répondit Hanh avec un sourire embarrassé. Mais comme la vie est pleine de surprises, j'attends que la chance m'en fournisse l'occasion…

— Ha ! Ha ! Monsieur Phuc éclata d'un rire tonitruant. Dans ce cas, tu devrais acheter des billets de loterie ! Il suffit de gagner deux fois de suite le gros lot et te voilà millionnaire !

Se souvenant brusquement qu'il en portait sur lui, monsieur Phuc sortit de sa pochette deux billets de loterie.

— Au nom du Destin, fit-il d'un ton solennel, voici deux billets de loterie que j'ai achetés tout à l'heure. Puisque c'est aujourd'hui ton anniversaire, ma nièce, je t'en offre un. À la gloire des jeunes filles de vingt ans ! Quant à l'autre – et il le glissa dans la pochette de la veste de Hanh –, il est à toi. À la gloire des jeunes gens de talent !

— C'est grotesque ! murmurèrent les deux fonctionnaires en échangeant un clin d'œil complice.

— Qu'est-ce qu'il peut être naïf ! gloussèrent les deux bijoutières.

Quant aux jeunes amis de Thoa, ils étaient à la fois jaloux et irrités. Et pour bien montrer que cette histoire les laissait indifférents, ils se mirent à attaquer la salade aux calmars d'un air tout à fait impassible.

*

Après le repas, les jeunes se retirèrent au premier étage pour danser. Une musique assourdissante envahit aussitôt la maison. Les deux fonctionnaires en profitèrent pour prendre congé, car, disaient-ils, ils avaient beaucoup à faire et les affaires d'État n'attendaient pas. Les deux bijoutières restèrent un moment, car elles avaient à mettre au point avec madame Thiêu les détails de leur expédition à la pagode, le jour de la pleine lune. Quant à monsieur Phuc, il s'était endormi. C'était toujours ce qui lui arrivait quand il avait bien bu et bien mangé. Hanh était venu se joindre aux femmes. Puisqu'il bénéficiait de la protection du frère de la patronne, on pouvait le considérer un peu comme de la famille.

Hanh les écoutait babiller, n'intervenant de temps en temps que pour glisser quelques flatteries. Il était né à la campagne et n'avait pas souvent l'occasion de fréquenter la crème de la société citadine. Il regardait leur train de vie avec beaucoup de convoitise. Car il était pauvre et avait toujours peur de manquer. Dieu ! S'il pouvait avoir, lui aussi, une maison avec tout le confort, s'il avait de l'argent, il n'aurait plus à se soucier de sa subsistance ! Il travaillerait, il créerait, il deviendrait quelqu'un ! Hanh vivait chez un oncle qui habitait au diable, en dehors de la ville. L'espace qui lui était réservé était si exigu qu'on ne pouvait y loger qu'un lit à une place. Il était obligé de fourrer ses bouquins, ainsi que sa vaisselle et ses ustensiles de cuisine, sous le lit.

Tous les mois, Hanh payait à son oncle un petit loyer. Un loyer qui n'arrêtait pas de grimper malgré ses innombrables efforts pour lui rappeler leurs liens familiaux. Mais cet oncle par alliance (pédaleur de cyclo de son état) ne cherchait pas si loin. Il le traitait de manière fort sommaire, appliquant en cela le vieil adage selon lequel « Plus on connaît les gens, plus il faut les faire cracher au bassinet ».

Hanh vivait seul. Certes, la vie citadine, avec tous les plaisirs qu'elle faisait miroiter, l'avait plus d'une fois tenté. Mais il savait que des pièges mortels se dissimulaient derrière leurs promesses. Combien de jeunes « peintres », « poètes », « savants », promis aux plus grandes destinées, n'avait-il pas vus succomber à l'alcool, au tabac ou aux amours faciles ? Quant à ceux qui avaient réussi à y échapper, ils se laissaient prendre comme des rats au piège des soucis alimentaires ou vestimentaires de la vie. Hanh se félicitait du fait que rien de tout cela ne puisse lui arriver. Il s'était fixé, dès l'âge de dix-huit ans, une règle de vie particulièrement stoïque. Il ne fumait pas, ne buvait pas, ne gaspillait pas son argent pour satisfaire des envies d'un moment. Sous des dehors calmes et timides, Hanh cachait une ambition démesurée et une imagination plus que vive. Il avait compris que seul l'argent lui permettrait de réaliser ses rêves. Sans argent, inutile de songer à une situation ! Se priver, économiser sou après sou, voilà ce qu'il se répétait tous les jours.

Les trois femmes avaient fini d'arrêter leur programme pour le jour de la pleine lune. Elles réglaient à présent les derniers détails : achat de fleurs, d'encens, de gâteaux rituels, dons aux génies pour s'assurer leur protection, courses de cyclo, offrandes aux bonzes... Hanh se disait qu'il y en avait bien pour plusieurs dizaines de milliers de dông.

— Et ce n'est pas tout, s'exclama madame Thiêu. Il faudrait que nous prenions avec nous le billet que mon frère a donné à Thoa pour le faire bénir !

— Dans ce cas, n'oubliez pas de prendre sept cent mille dông[1] en billets de banque votifs que vous brûlerez en offrande aux âmes défuntes, suggéra en souriant une femme vêtue d'une chemise blanche de fine batiste. Vous n'avez qu'à les prier de transformer ces faux billets en véritables billets de banque et le tour est joué ! Les génies sont très accessibles de nos jours, vous savez. Je parie tout ce que vous voudrez que votre fille gagnera le gros lot !

— Je vous prends au mot ! dit madame Thiêu qui semblait boire du petit lait. Puisque vous êtes sûre qu'elle va toucher le gros lot, seriez-vous prête à parier avec moi ? Je mets un *chi*[2] d'or.

— Je ne l'aurais pas fait avec quelqu'un d'autre, mais avec vous, c'est différent, vous savez que je ne peux rien vous refuser ! répondit l'invitée en souriant avec complaisance.

Elle ôta la bague qu'elle portait au doigt et la posa sur le coffret de laque.

— Top là ! dit madame Thiêu en frappant dans la main de son invitée. Le problème, c'est que je n'ai aucune bague qui pèse un *chi*.

Puis se souvenant brusquement :

— Thoa ! cria-t-elle en direction du premier étage. Viens là, ma fille !

Thoa dévala l'escalier quatre à quatre. Un mélange de parfum et de sueur se répandit dans la pièce.

— Mon Dieu ! fit madame Thiêu en grimaçant, qu'est-ce que c'est que cette danse qui te fait suer à ce point ? Ta chemise est trempée ! Bon, passe-moi ta bague en or, elle

1. Soit 350 FF. *(N. d. T.)*

2. Mesure ancienne équivalant à 3,6 grammes. *(N. d. T.)*

doit faire un *chi* si ma mémoire est bonne. Tante Duyên affirme que tu gagneras les sept cent mille dông du gros lot. Elle est prête à parier avec moi. Comme ça, au cas où tu ne gagnerais rien, nous aurions au moins la consolation de lui prendre sa bague…

Thoa tendit la main pour ôter sa bague, quand elle s'exclama d'une voix affolée :

— Oh mon Dieu ! Je ne l'ai plus ! Je t'assure que je l'avais encore ce matin en me réveillant !

— C'est bien toi, ça ! dit madame Thiêu en se dressant. Tout ce que tu sais faire, c'est jeter l'argent par les fenêtres ! Tâche de la retrouver, sinon gare à toi !

La disparition de la bague mit tout le monde sens dessus dessous. L'agitation tira monsieur Phuc de sa sieste. Thoa fouillait dans son armoire, éparpillant pêle-mêle les vêtements autour d'elle.

— Faites des enfants, je vous dis ! gémit madame Thiêu. Depuis le Têt, elle m'a fait perdre plus de soixante mille dông ! C'est une vraie calamité, cette fille ! Tu as de la chance que ton père soit à l'étranger ; s'il était là, il te tuerait !

Les femmes, voyant que l'affaire tournait au drame, essayèrent de s'éclipser. Mais madame Thiêu les retint de force.

— Écoutez, mademoiselle Duyên. Vous pouvez laisser là votre bague. Si je mettais l'équivalent en espèces, cela reviendrait au même, n'est-ce pas ?

— Bien sûr, fit mademoiselle Duyên d'un ton accommodant. Tout ce que je demande, c'est que vous me fassiez profiter de votre fortune quand vous gagnerez. Et n'oubliez pas de prendre avec vous les sept cent mille dông en billets de banque votifs.

— C'est promis, s'efforça de sourire madame Thiêu.

Elle s'excusa auprès de ses convives, puis les raccompagna à la porte.

Dès qu'ils eurent le dos tourné, elle lança à sa fille une gifle d'une telle violence que cette dernière chancela. Thoa fondit en larmes.

Hanh se tenait dans un coin sans rien dire. Quant à monsieur Phuc, tout en fouillant dans l'armoire, il essaya de raisonner sa sœur.

— Garde ton calme, s'il te plaît. Pense aux amis de ta fille qui sont encore là-haut, au premier étage. Est-ce que tu te souviens de l'avoir posée quelque part, Thoa ?

— Eh bien, fit Thoa en plissant le front, elle a dû tomber dans le caniveau pendant que je plumais le poulet.

Ils se précipitèrent à la cuisine. Hanh les suivit, gagné par la fièvre qui s'était emparée de la famille.

Madame Thiêu retourna d'un geste sec le panier de plumes de poulet. Thoa pleurnichait. Monsieur Phuc saisit une baguette avec laquelle il essaya de sonder l'eau sale du caniveau.

— Vous n'arriverez à rien comme ça ! lui dit Hanh.

Puis, retroussant sa manche, il plongea la main dans l'eau souillée où flottaient quelques étrons.

Au bout de quelques minutes, on l'entendit pousser un cri de triomphe :

— Je l'ai ! s'exclama-t-il en exhibant la bague qu'il venait de repêcher.

Madame Thiêu éclata d'un rire nerveux. Thoa tordit la bouche comme si elle ne savait s'il fallait rire ou pleurer. Elle jeta à Hanh un regard éperdu de reconnaissance. Dès cet instant, Hanh acquit l'entière confiance des membres de la famille.

En raccompagnant Hanh à la porte, madame Thiêu ne cessait de répéter :

— Et n'oublie pas que tu es invité à dîner le jour de la pleine lune !

*

Hanh se tournait et se retournait dans son lit. Il n'arrivait pas à trouver le sommeil. Il repensait à sa sortie avec la famille de madame Thiêu le jour de la pleine lune, une sortie qui l'avait fortement impressionné. « Putain ! pensait-il, ces gens-là considèrent l'argent comme rien du tout ! Ils dépensent une fortune à chaque premier et quinzième jour du mois. » Il pensait au peu d'argent dont il disposait, aux calculs, aux privations de tous les jours, au casse-tête que lui causait la moindre dépense. Il ne s'octroyait un bol de soupe aux tripes qu'en de rares occasions, lorsqu'il était spécialement satisfait de lui-même ou lorsqu'il s'estimait particulièrement affaibli. Ce plat populaire et bon marché était tout ce qu'il pouvait s'offrir. Il prenait alors tout son temps pour le manger. Il commençait par y ajouter du poivre, puis un peu de piment en poudre. Il mangeait comme en musardant afin de se donner tout le temps de l'apprécier. Chaque morceau avait sa saveur propre. Il aimait la panse parce qu'elle craquait sous la dent, la tripe parce qu'elle avait un goût légèrement sucré, le foie parce que c'était un peu gras, le boudin parce que c'était bien salé. Mais le fin du fin était de tomber sur un morceau taillé dans la partie supérieure de l'estomac du cochon. Pour pouvoir se payer cette soupe, Hanh était obligé de se priver, par exemple de se contenter de légumes aux repas suivants. Cette loi d'airain qu'il s'appliquait, il l'avait lui-même forgée. Car il croyait au travail bien fait. Il croyait aux vertus de l'épargne. Économiser, économiser sur tout, voilà vers quoi tendait sa volonté.

Il se mit à faire le calcul de ce que madame Thiêu et sa fille avaient dépensé au cours de la journée. Des milliers de dông rien que pour payer leurs courses en cyclo. Trois fois ce que Hanh gagnait en un mois ! Il poussa un profond soupir. Il n'arrivait pas à savoir quelle sorte de sentiment il éprouvait pour madame Thiêu et sa fille. Ce dont il était sûr, en revanche, c'était qu'elles manifestaient, l'une comme l'autre, tous les symptômes de la maladie qu'on rencontrait communément chez les riches : l'ennui. Maladie due à leur vie de bien-être et d'oisiveté. Elles portaient toutes deux les stigmates du même vice, celui de la perte du sens moral, un vice diffus qu'on soupçonne sans parvenir à l'exprimer avec des mots. Cela se voyait dans leur regard, dans leur sourire, voire dans leur manière de s'apprêter. « Ah ah ! se disait-il, je pourrais bien allumer dans ces âmes vacantes un feu qui finirait par les embraser. J'en ai le talent et le courage. Qui sait si je n'en tirerais pas les plus grands bénéfices ? Quand je pense qu'elles étaient prêtes à dépenser sans compter pour un simple plaisir ou pour un hypothétique miracle ! Il ricana : Eh bien ! ce ne sont pas les miracles qui manquent dans une grande ville comme celle-ci ! »

Il saisit le livre qui traînait à son chevet. Le billet de tombola en tomba. Il tressaillit. Tous les rites accomplis par madame Thiêu et sa fille autour de leur billet de loterie lui revinrent brusquement à l'esprit. Quelle pitié que son billet à lui ! Bien que faisant partie de la même série, bien que se ressemblant en tous points, du moins en apparence, ô combien celui de Thoa bénéficiait de protection par rapport au sien ! Madame Thiêu l'avait fait bénir dans une dizaine de pagodes ; elle l'avait déposé avec la liasse d'ex-voto dans la paume ouverte du génie tutélaire du temple Trân Vu. Hanh les avait regardées faire en frissonnant. Était-ce le lourd parfum de l'encens ? Était-ce l'atmosphère solennelle et glacée des lieux ? Hanh avait senti naître en lui un sentiment d'exaltation quasi mystique. Sept cent mille dông ! Mon Dieu ! Quelle somme exorbitante ! Une fortune ! Un patrimoine ! C'était précisément ce dont il avait toujours rêvé. Le bonheur après lequel il avait toujours couru. « Elle va toucher le gros lot, murmura-t-il. Son billet doit certainement porter les numéros gagnants ! Une telle vénération, une telle dépense ne pouvaient rester sans effets. Et toutes ces offrandes ! Quel génie y résisterait ? » Hanh poussa un gémissement. Il transpirait à grosses gouttes. Elle toucherait le gros lot, il en était sûr, il donnait sa main à couper ! D'ailleurs des gens bien renseignés lui avaient confié que cette fois, ce serait le numéro 36 qui sortirait. Le sien portait le numéro 37. Une différence d'une unité. Il enrageait...

Hanh s'endormit en serrant dans sa main son malheureux billet. Dans son rêve, le génie de bronze noir du temple de Trân Vu tantôt apparaissait, tantôt disparaissait comme pour se jouer de lui. Brusquement, la statue quitta son socle. Elle passait et repassait devant lui en riant aux éclats. Tout à coup, elle s'arrêta, puis, posant sa longue épée sur une chaise, elle ouvrit comme un éventail sa main aux ongles interminables, exhibant sous les yeux de Hanh des centaines de liasses de billets flambant neufs. Il pouvait entendre jusqu'au froissement du papier...

Il se réveilla en sursaut. Il faisait nuit noire. Une idée le traversa comme un éclair :

— Et si j'échangeais mon billet contre l'autre ?

*

Assise sur un divan derrière le comptoir, madame Thiêu surveillait sa boutique de produits de beauté et de bijoux. Ce commerce suffisait à les faire vivre, elle et sa fille, pendant l'absence de son mari. Elle était vêtue d'un ensemble de soie.

Pas un bruit, hormis le ronflement régulier du réfrigérateur qu'elle avait fait installer dans un coin de la boutique. Madame Thiêu feuilletait distraitement une revue importée de l'étranger, une revue montrant des photographies de femmes nues. Elle ne s'en cachait pas. Au contraire, il lui arrivait de les montrer à ses clientes pour bien faire voir qu'elle était une femme moderne et qu'elle avait horreur des hypocrisies morales datant d'un autre âge.

On frappa à la porte. Madame Thiêu se dressa sur son séant :

— Qui est-ce ?

— C'est Hanh... dit en toussant le jeune homme pour cacher sa nervosité.

Madame Thiêu alla ouvrir. Hanh entra. Il était habillé avec recherche. Il tira le loquet derrière lui, comme si son geste était machinal.

— Où vas-tu, pour être si élégant ? demanda madame Thiêu.

— Mais chez vous ! répondit Hanh en lui dédiant son sourire le plus charmeur. Ses yeux la parcouraient comme une caresse. Je n'en pouvais plus de ne pas vous voir. Vous êtes une femme terriblement séduisante, vous savez ! Thoa n'est pas là ?

— Elle a un cours particulier d'anglais. Elle y va de temps en temps dans la journée.

Hanh eut un sourire en coin. Il voyait très bien ce que pouvaient être ces cours particuliers. Des repaires pour gosses de riches où on leur apprenait n'importe quoi, mais certainement pas les langues étrangères.

— Vous n'étiez pas trop fatiguée l'autre jour après la tournée des pagodes, ma tante ?

— Pas le moins du monde, répondit joyeusement madame Thiêu. Au contraire, la visite des pagodes m'a toujours revigorée ! C'est que je crois aux divinités, moi ! Je suis même allée à la pagode Huong Tich, malgré la côte à grimper. J'ai pu le faire grâce au morceau de ginseng que j'avais gardé dans la bouche et surtout à Bouddha que je n'arrêtais pas d'invoquer en murmurant des « *nam mô*[1] ».

— Comme vous avez raison, dit Hanh avec un petit rire, tandis que son esprit réfléchissait à toute vitesse. Il avait les nerfs tendus comme les cordes d'une guitare ; deux grosses veines bleues battaient à ses tempes.

Le tirage étant prévu pour le soir même, il n'avait plus le temps de tergiverser. Il ne doutait pas un seul instant que l'autre billet allait sortir. Il était persuadé que c'était pour lui l'occasion ou jamais de se débarrasser de sa pauvreté. « Allons, à l'assaut ! s'exhortait-il. Je dois à tout prix devenir l'amant de cette vieille. Le temps presse : c'est maintenant qu'il faut procéder à l'échange des billets. »

— Vous êtes la femme la plus sensationnelle que je connaisse ! lança-t-il pour tâter le terrain. C'est si rare une femme comme vous de nos jours !

— Et en quoi suis-je sensationnelle ? demanda madame Thiêu, flattée.

— En tout. Votre corps, par exemple, répondit-il d'une voix méconnaissable, tandis que ses yeux restaient rivés sur les épaules dodues de la femme et que ses mâchoires se contractaient malgré lui. Je vous trouve aussi désirable qu'une adolescente.

Madame Thiêu éprouva un léger affolement, un peu ce que ressent une poule quand elle est poursuivie par un coq trop entreprenant. Mais le besoin de caresses, le goût du fruit défendu se mirent à vivre en elle avec une telle intensité qu'elle ne se sentit plus la force de résister. Le désir, gonflant sa poitrine, fit sauter le bouton-pression de sa tunique.

1. Prières psalmodiées par les bouddhistes. *(N. d. T.)*

Hanh la renversa sur le divan. Madame Thiêu gémissait faiblement. Un reste de dignité lui fit esquisser quelques gestes de résistance. Puis elle ferma les yeux : elle n'était plus maîtresse d'elle-même. Hanh soufflait comme un phoque.

— Où est le billet de loterie ? demanda-t-il d'une voix presque suppliante.

Madame Thiêu demeura interdite : elle ne comprenait pas ce qu'il voulait dire.

— Où avez-vous mis le billet de loterie ? répéta-t-il en haussant la voix, une voix aussi froide et tranchante que la lame d'un couteau.

Il fallut plusieurs minutes à madame Thiêu pour saisir le sens des paroles de Hanh et pour se rendre compte de la situation pitoyable dans laquelle elle se trouvait.

— Thoa l'a gardé dans son sac à main, murmura-t-elle d'une voix étranglée.

Honteuse et dépitée, elle regardait Hanh se relever. Il avait l'air égaré, comme s'il avait perdu la raison. Au même moment, ils entendirent la voix de Thoa qui appelait sa mère, puis des coups frappés à la porte.

Lorsque la porte s'ouvrit, Thoa vit avec stupeur sa mère en larmes, toute recroquevillée sur elle-même dans un angle du divan. La porte se referma brutalement derrière son dos. Hanh lui barra le passage. Ses yeux luisaient comme deux braises incandescentes. Il était d'une froideur à faire peur.

— Je te conseille de ne pas crier ! murmura-t-il entre les dents. Sors le billet de loterie de ton sac !

Thoa tremblait de tout son corps. Elle regardait, effarée, tantôt sa mère, tantôt Hanh.

— Sors le billet et donne-le-lui ! ordonna madame Thiêu à sa fille d'une voix étranglée.

Thoa s'empressa d'obtempérer. Elle ouvrit son sac d'une main tremblante : le billet tomba au sol. Hanh se précipita sur le billet qu'il glissa prestement dans la pochette de sa veste. Puis, sortant lentement le sien, il le jeta à la figure de madame Thiêu.

La scène n'avait duré que le temps d'un battement de cils. Après s'être rajusté, Hanh se glissa discrètement au dehors. Thoa se jeta sur le divan en sanglotant, comme une plante délicate qu'une main venait de trancher net.

Madame Thiêu se releva et se rhabilla.

— Qu'est-ce que tu as à pleurer ? cria-t-elle. Arrête ou je te fiche ma main dans la figure !

S'apercevant qu'elle avait été injuste, madame Thiêu serra contre elle le corps sans réaction de sa fille.

— Écoute, ma fille, il y a des choses que tu ne comprends pas encore. Eh bien, sache que la vie est quelque chose de laid et de misérable ! D'absolument misérable ! Et sache aussi… que ta mère n'est pas la moins misérable dans cette histoire !

*

Ce soir-là, on annonça que le billet portant le numéro 20 437, c'est-à-dire celui que Hanh avait lancé à la figure de madame Thiêu, avait gagné le gros lot. On dit que Hanh devint fou lorsqu'il apprit la nouvelle. Son oncle, le pédaleur de cyclo, dut le faire interner dans un hôpital psychiatrique. Madame Thiêu toucha l'argent du billet et paya à mademoiselle Duyên un *chi* d'or. Vers la fin de l'année, son mari ainsi que son fils qui étudiait à l'étranger rentrèrent au pays. Thoa s'était mariée. Son mari travaillait dans la même société de production que monsieur Phuc.

À la même époque, une comptine dont personne ne connaissait l'origine fit le tour de la ville. Elle disait :

Tirage spécial
sept cent mille dông
Cadeau des dieux
aux vertueux.
Chance et malchance
Comment savoir ?
La roue tourne, oui !
Mais pas pour lui !

Nostalgie de la campagne

Je m'appelle Nhâm. Je suis né à la campagne, j'ai grandi à la campagne. Pour celui qui passe par la route numéro cinq, mon village n'est qu'une tache verte saillant au-dessus de l'immensité jaune des rizières. Derrière, dans le lointain, se dresse l'arc de cercle des montagnes Dông Son. Elles semblent toutes proches, mais avant d'y parvenir, il y a une bonne cinquantaine de kilomètres à parcourir. Mon village se trouve près de la mer. Quand vient l'été, le vent du large y souffle en permanence.

Le cinquième mois du calendrier lunaire est le temps des moissons. Ma mère, sœur Ngu, oncle Phung et moi nous nous rendions aux champs dès l'aube. Leur travail consistait à faucher, le mien à lier le paddy[1] en bottes aux deux extrémités de ma palanche de bambou et à les porter à la maison.

La palanche en équilibre sur l'épaule, j'avançais le long des canaux d'irrigation. Le soleil tapait dur, la température devait avoisiner les quarante degrés. La boue fraîche aux abords des canaux craquelait en s'entortillant comme des crêpes de riz séchées.

1. Riz non décortiqué. *(N. d. T.)*

Je suis de caractère particulièrement rêveur, aussi étais-je souvent plongé dans mes pensées. Mon père était commandant. Il faisait partie des cadres techniques de la marine chargés d'installer des radars et des postes de radio dans les différentes îles du pays. Nous ne le voyions qu'une fois par an, lorsqu'il était de permission. Mon père connaissait le nom de chacune des îles. Ma mère, elle, n'avait jamais quitté notre village. Ma mère disait : « Tous les endroits se ressemblent. On n'y trouve jamais que des hommes. » Mon oncle Phung, en revanche, avait beaucoup voyagé. Oncle Phung disait, mais seulement lorsque nous étions seul à seul : « Ne crois pas qu'il n'y a que des hommes sur terre. Il y a aussi des saints. Et des démons. » Chez oncle Phung, il n'y avait que des femmes : sa belle-mère, sa femme, ses quatre filles. Oncle Phung disait souvent en plaisantant : « Le plus bel homme de la famille, c'est moi. »

Sœur Ngu était ma belle-sœur, la femme de mon frère Ky. Mon frère travaillait comme ouvrier dans les mines d'étain Tinh Tuc à Cao Bang. Sœur Ngu était la fille de monsieur Quy, le maître d'école du village. J'ai été son élève autrefois. Il possédait une incroyable quantité de livres. Les gens du village le traitaient habituellement de « timbré », voire de « vieillard lubrique ». « Ce libidineux de Quy », disaient-ils. Maître Quy avait deux femmes. La première était la mère de sœur Ngu, ma belle-sœur. La seconde, tante Nhung – elle faisait des travaux de couture tout en tenant une petite boutique – était la mère de Van, mon copain. Autrefois, lorsqu'elle habitait encore à Haiphong, tante Nhung vivait de ses charmes. Depuis qu'il en avait fait sa femme, maître Quy avait perdu tout crédit aux yeux des gens.

Au bout d'une dizaine de voyages, le paddy que j'avais rapporté finissait par remplir la cour. J'ai appelé la petite

Minh pour qu'elle débarrasse la paille qui l'encombrait, afin de me faire de la place. Minh était ma petite sœur. Elle était maigrichonne et noiraude, mais elle avait des yeux intelligents et, surtout, était extrêmement endurante. Minh sortit la tête de la cuisine : elle avait les joues cramoisies et le devant de la chemise trempé de sueur.

J'allai vers le bassin contenant de l'eau de pluie, y puisai une pleine écope en noix de coco que je bus d'une seule traite. L'eau était divinement fraîche. C'était toujours avec cette eau que ma mère mouillait son riz. Elle le mangeait accompagné de petites aubergines salées. Elle ne supportait ni la viande, ni le gras.

La cour était chauffée à blanc, d'accablantes nappes de chaleur montaient du sol et l'odeur du paddy était suffocante.

Les chemins du village étaient encombrés de paille fraîche qui séchait au soleil. En passant devant chez tante Luu, je vis un attroupement de curieux. « Frère Nhâm ! » me héla Mi, la fille de tante Luu. Je la rejoignis au moment où monsieur Ba Vên, le facteur communal, finissait de remettre dans une sacoche fixée au porte-bagages de son vélo le courrier et les journaux qui lui restaient à distribuer. Mi me dit : « On a reçu un télégramme de Hanoi. C'est à propos de sœur Quyên. »

Tante Luu était la sœur de ma mère. Elle était paralytique depuis des années. Oncle Sang, son mari, était en déplacement au Laos. Il était ingénieur des Ponts et Chaussées. Il avait un frère à Hanoi, dont Quyên était la fille. Quyên poursuivait des études universitaires aux États-Unis. Elle était déjà venue au village autrefois, du temps où elle était encore petite fille.

Je pris le télégramme et le lus à haute voix : « Sœur Luu, envoie quelqu'un chercher ta nièce Quyên au train de 14 heures le… » « Mais c'est cet après-midi ? » Mi hocha la tête.

Tante Luu était couchée sur le côté, le dos appuyé contre le mur. Cela faisait six ans qu'elle était allongée de la sorte. Elle dit en me voyant : « Nhâm, voudrais-tu me rendre le service d'aller chercher Quyên à la gare ? » « C'est que nous sommes en pleine moisson », répondis-je. « Cela ne peut pas attendre ? me dit-elle. Où en êtes-vous en ce moment ? » « Nous sommes en train de moissonner le champ où pousse le riz rouge qui vient de Chine. »

Mi prit le télégramme qu'elle apporta aux champs pour le montrer à ma mère. Mi avait le même âge que ma sœur Minh, mais elle était plus claire de peau, plus robuste aussi. Elle était très bavarde et aimait bien faire l'enfant pour se faire cajoler. « Dis donc, frère Nhâm, me dit-elle, quand est-ce que tu me fabriqueras une "main de bambou" pour que je puisse cueillir les goyaves ? » Pour fabriquer une « main de bambou », il faut du petit bambou vert. Cela ressemble à un panier arrondi avec, en guise de couvercle, une sorte de mâchoire dentelée qui s'ouvre et se referme. « Occupe-toi d'abord de trouver du bambou vert », ai-je dit à Mi. « Mais j'en ai trouvé ! s'écria-t-elle. Tu me la feras pour demain, dis ? » Je calculai mentalement le travail que j'aurais à faire le lendemain. Je savais bien que je n'aurais pas une minute à moi, que je serais pris de l'aube à la nuit. Mi insista : « Demain, c'est promis alors ? » « C'est promis », fis-je. Il y avait trois goyaviers chez Mi. Une fois, en y grimpant, elle avait cassé une branche et failli se rompre le cou.

Tout en prenant connaissance du télégramme, oncle Phung s'écria : « Comment se fait-il qu'un télégramme qui est envoyé soi-disant de Hanoi soit émis par le bureau de poste du Centre agricole ? Je me demande ce que cela peut bien cacher. Les gens de la capitale sont des malins, ils ont plus d'un tour dans leur sac, croyez-moi. » « Vas-y, puisque tante Luu te le demande, me dit ma mère. Et mets ta chemise neuve, celle que j'ai rangée dans la malle. » « Tu peux rentrer chez toi maintenant, dis-je à Mi. J'ai encore du travail jusqu'à midi. J'irai à la gare plus tard, quand j'aurai déjeuné. »

Mi rentra seule. Sa silhouette s'enfonçait progressivement à travers champs et finit par disparaître au loin, au milieu des rizières à demi moissonnées. Saisissant alors la faucille, je la brandis d'un geste circulaire au ras des plants de riz, puis la tirai vers moi d'un coup sec. Un pas à droite. Un mouvement circulaire de la faucille. Un coup sec. Un pas à gauche, un mouvement circulaire de la faucille. Un autre coup sec. Ainsi de suite. Sans répit. La terre était humide sous mes pas. De minuscules sauterelles jaillirent des épis en crépitant.

À partir de midi, il n'y eut plus personne dans les champs. Il ne restait, au milieu des rizières, que les quatre membres de ma famille. Ma mère, assise dans l'herbe qui borde le sentier, essayait de s'extraire une épine du pied. Sœur Ngu, la tête couverte d'un chapeau conique en feuilles de latanier, le visage dissimulé sous une serviette et les pieds protégés par des jambières qui lui descendaient jusqu'aux chevilles, contemplait d'un air rêveur l'arc de la chaîne Dông Son au loin. Oncle Phung était occupé à lier le paddy en bottes. « Tu m'aideras à les rentrer ? » me demanda-t-il. J'avais la bouche si desséchée que je n'arrivais pas même à répondre. Je me suis contenté de hocher la tête. Nous rentrâmes, chacun portant sa palanche de riz. Oncle Phung marchait devant, moi derrière. La charge était extrêmement lourde, mes jambes tremblaient sous le poids, mais j'essayais d'avancer vaille que vaille. Cent pas. Deux cents pas. Mille pas. Deux mille pas. Ainsi de suite. Sans répit. Jusqu'à la maison.

Minh me servit mon repas, puis se dépêcha de porter celui de ma mère et de sœur Ngu, qui étaient restées aux champs.

Je me mis à manger. Il y avait des feuilles de patates douces bouillies, des aubergines salées, des petites crevettes aux caramboles mijotées dans du nuoc-mam. J'ai avalé, coup sur coup, six bols de riz. Heureusement que j'étais fatigué, sans ça j'en aurais vidé un boisseau entier.

Après le repas, je suis allé me laver au puits. Je me suis changé. J'ai sorti la chemise neuve de la malle, mais je ne l'ai pas mise parce que je ne me sentais pas à l'aise dedans. J'ai fini par enfiler la vieille chemise militaire décolorée qui appartenait à mon père. Puis je suis allé emprunter un vélo chez tante Luu. « Tiens, prends ça », me dit-elle en me tendant cinq mille dông. Je n'en pris que deux mille. Deux mille, c'était à peu près le prix d'un kilo de riz. « Sauras-tu reconnaître Quyên ? » me demanda-t-elle. J'acquiesçai. En vérité, je ne me souvenais plus très bien de son visage, mais je pensai qu'en la voyant je la reconnaîtrais sûrement.

Je pédalai vers la gare. Huit à dix kilomètres la séparaient de mon village. Il y avait longtemps que je ne m'étais aventuré aussi loin.

Le chemin de terre contournait le village, passait devant la maison communale puis devant l'étang au lotus avant de remonter le canal d'irrigation, vers l'amont, en direction du chef-lieu du district. Je réfléchissais tout en pédalant. Mes pensées étaient plutôt confuses.

Je pensais
à la pauvreté des mots
à l'impuissance des moyens d'expression
tandis que la lassitude s'abat sur le monde.

Un monde absurde et cynique
un monde où la vie ne pèse pas plus que le souffle léger du vent.
Que de jours, que de mois se sont écoulés !
Que de destins se sont succédé dans la roue des renaissances !
Où est le mot, si habile soit-il, capable d'exprimer cela ?
Qui glanera pour moi la clarté lumineuse du jour
la désolation étonnée dans le regard de ma jeune sœur
le fil blanc dans la chevelure de ma mère
la vaine espérance au cœur de ma belle-sœur
et l'odeur de pauvreté imprégnant la campagne ?
Je poursuis ces idées une à une
essayant à la hâte de les mettre en cage.
Je lance mon cri à travers les espaces du cœur.
Je hurle comme un loup affamé.
Je glane, l'un après l'autre, les épis de la vie
que je lie en gerbe par un fil infiniment lâche,
celui des mots.
Je lance mon cri à travers l'espace des hommes.
Je glane, l'une après l'autre, les étincelles de la vie
espérant qu'elles éclaireront mon propre regard
ma propre conscience
une conscience sans limites
tout en sachant que cela est absurde, absurde, totalement absurde.

La gare du district était déserte. Quelques poules traînaient leurs ailes fatiguées le long des quais. Devant l'entrée, une dizaine de personnes attendaient l'arrivée du train. On entendait, venant de quelque maison voisine, une musique enregistrée sur cassette. La voix du chanteur Nha Phuong était languissante : « Vous qui passez dans ma vie, vous en souviendrez-vous ? Toi qui passes dans ma vie, t'en souviendras-tu ? » Quelques gargotes où l'on servait de la soupe tonkinoise, quelques buvettes. Partout, des étalages où se côtoyaient, pêle-mêle, vêtements, chaussures, lait concentré sucré, cigarettes. Camions et automobiles se croisaient en tous sens.

Le ciel était sans nuages. Le soleil brûlait comme un feu. Le district semblait s'enivrer de soleil.

On entendit siffler le train dans le lointain. Un son timide tout d'abord, puis de plus en plus joyeux. Quelqu'un s'écria : « Voilà le train qui entre en gare. » Le district, immobile, poursuivait sa rêverie. Quelqu'un d'autre lança d'un ton irrité : « Voilà le train qui entre en gare ! » Le sifflement du train se fit plus strident, menaçant même. Soudain, tout le monde se mit à s'agiter avec fièvre. Des vieilles femmes, des jeunes filles, des petits marchands ambulants couraient dans tous les sens. Leurs boniments se croisaient, se chevauchaient : « Demandez de l'eau ! Demandez des gâteaux ! Qui veut de l'eau ? Qui veut des gâteaux ? De l'eau ! Des gâteaux ! »

Mon vélo à la main, je me tenais un peu à l'écart, de manière à pouvoir guetter l'arrivée des voyageurs. Ceux qui étaient déjà sortis attendaient devant la porte, les uns assis, d'autres debout. C'était une gare quelconque. Ma campagne n'était connue de personne. L'endroit où je me trouvais n'était connu de personne.

À tour de rôle, les autres voyageurs franchirent le guichet de contrôle des billets. Ils étaient environ une dizaine. Parmi eux, quelques professeurs de lycée du district, un militaire, un commerçant, un ferblantier, un gros monsieur portant des lunettes de soleil dont l'étiquette était restée collée à l'un des verres, et un jeune homme, grand, maigre, le regard pensif et les cheveux en broussaille. Je le connaissais. C'était le poète Van Ngoc. Derrière Ngoc venait un vieux couple. Puis un policier. Puis Quyên.

Quyên portait des cheveux qui lui tombaient sur les épaules, un pull, un jean, des lunettes et un sac en bandoulière. Il y avait dans sa manière d'être quelque chose qui la rendait absolument différente des autres.

Après avoir franchi le guichet de contrôle des billets, Quyên jeta autour d'elle un regard circulaire. Elle sut tout de suite que c'était moi qui l'attendais. Elle me dit : « Je m'appelle Quyên. N'est-ce pas tante Luu qui vous envoie ? » « Si », fis-je. Quyên rit : « Merci, grand frère. Vous êtes quoi par rapport à tante Luu ? Comment vous appelez-vous ? » « Je m'appelle Nhâm, répondis-je. Je suis le fils de monsieur Hung. » Quyên demanda : « Est-ce que nous avons des liens de parenté, vous et moi ? » Je dis : « Non. » « Parfait, fit Quyên. Tante Luu vous a payé pour venir me chercher, c'est bien ça ? » Je contemplai mon ombre sur le trottoir de ciment, le cœur serré. Étais-je ainsi fait, qu'il suffisait de me voir pour deviner que j'étais de ceux qui se louent, qui travaillent pour le compte des autres ?

Le soir descendait lentement. L'ombre des arbres se projetait en une longue poursuite sur la chaussée. Le soir creuse un vide dans le cœur de ceux qui espèrent trouver une explication rationnelle aux choses.

« Vos champs mesurent combien de *sào* [1] ? me questionna Quyên. Combien de riz produit un *sào* ? Combien vous rapportent-ils ? » « Un *sào* donne environ vingt kilos de paddy, dis-je, l'ensemble de nos récoltes se monte donc à un quintal. Un kilo de paddy vaut 1 400 dông. » Quyên calcula à voix basse : « Ce qui nous fait seize millions de quintaux pour soixante millions d'habitants, c'est ça ?! » Je dis : « L'homme ne vit pas que de riz, vous savez. »

1. Environ 360 m². *(N. d. T.)*

En passant devant l'étang au lotus, nous croisâmes le bonze Thiêu. Il nous salua. Je lui rendis son salut. « Je n'ai pas oublié le pied de rosier que tu m'avais demandé, me dit-il. Je te l'ai mis de côté. » « Je le prendrai quand j'aurai l'occasion de passer à la pagode », répondis-je. J'avais la passion des fleurs. Maître Quy disait que c'était la passion de ceux qui savent que la vie est une chiennerie. « Veux-tu quelques fleurs de lotus pour chez toi ? » me proposa-t-il. En effet, l'étang regorge de fleurs de lotus cette année.

Posant mon vélo, je poussai la barque pour l'aider à s'éloigner du bord. C'était un kouffa, il n'y avait place que pour un rameur. Le bonze Thiêu s'y installa. Sa rame battait l'eau. « J'aimerais bien faire de la barque moi aussi », murmura Quyên. Je criai au bonze Thiêu de revenir.

Le kouffa regagna la rive.

Le bonze Thiêu posa le bouquet de lotus qu'il avait cueillis au bord de l'étang, puis mit pied à terre. Quyên prit sa place dans le kouffa. Je donnai de nouveau une impulsion au kouffa qui s'éloigna. « À force de vouloir faire plaisir aux autres, on finit par s'attirer des ennuis », me dit le bonze Thiêu. Je ris. Nous étions assis au bord de l'étang, tous les deux. Le soir continuait doucement à descendre. Le soleil rougeoyait de ses derniers feux. Un grand vide se fit alors en moi, un vide immense, infini.

Quyên revint quelques instants plus tard. Le bonze Thiêu lui offrit des graines fraîches de lotus. « C'est bon ? » lui demanda-t-il. « C'est bon », fit Quyên.

Nous nous attardâmes encore un moment avant de prendre congé. Le bonze Thiêu nous salua ; Quyên lui rendit son salut. Elle serrait contre elle le bouquet de lotus. Nous nous éloignâmes, tandis qu'immobile et les yeux rêveurs, le bonze Thiêu nous suivait du regard.

Je marchais devant, Quyên derrière. Quyên me demanda de lui raconter l'histoire du bonze Thiêu.

Histoire du bonze Thiêu

Le bonze Thiêu était orphelin de père et de mère. Lorsqu'il eut quinze ans, un inconnu, frappé par sa physionomie peu commune, lui dit : « Tu devrais suivre la voie monastique. Il n'y a pas de place pour toi dans ce monde. » Suivant ce sage conseil, le bonze Thiêu partit voyager dans diverses contrées, cherchant partout la Vérité à travers l'enseignement des gnostiques. Mais il ne parvint pas à atteindre l'Illumination.

Il disait : « De nos jours, il faut chercher Bouddha là où on ne s'attend pas à le trouver. »

Il disait encore : « Le Dao[1] *délivré des fluctuations du cœur, c'est ce qui convient le mieux à l'homme*

L'homme délivré des fluctuations du cœur, c'est ce qui convient le mieux au Dao. »

Un jour, il tomba sur une pagode en ruine. Comme il cherchait à faire le bien, il la fit remettre en état et la baptisa, on ne sait pourquoi, la « pagode des Dents blanches ».

Il aimait également réciter des poèmes tels que :

Un orbe singulier éclaire monts et vallées paisibles
Un éclat de rire soudain fait trembler ciel et terre.

Ou encore :

Si tu rencontres un chevalier, présente-lui ton épée
À celui qui n'est pas poète, n'offre pas tes poèmes.

Le bonze Thiêu disait aussi : « Bouddha enseigne aux hommes qu'il faut s'engager dans la voie monastique avec pragmatisme.

1. Dao : la Voie. Terme utilisé principalement par les taoïstes pour désigner le principe du mouvement qui est à l'origine de tous les processus naturels. *(N. d. T.)*

Car l'essentiel est de chercher à rejoindre sa nature originelle. D'ailleurs le bouddhisme est si pragmatique, ajoutait-il, que peu de gens sont capables de le comprendre.

Je conduisis Quyên chez tante Luu. « C'est toi, Quyên ? Viens là, près de moi », cria cette dernière. Quyên vint s'asseoir à côté du lit. « Mes parents vous font dire qu'ils n'ont pas oublié l'anniversaire de la mort de grand-père, dit-elle. Ils ne sont pas venus parce qu'ils avaient du travail. Mais ils m'ont remis un peu d'argent pour vous, ma tante. » « Ton oncle et moi, nous n'avons pas besoin d'argent. C'est de sentiments dont nous avons besoin », dit tante Luu. Quyên sortit de sa poche cinq millions de dông qu'elle remit à sa tante. Puis, se tournant vers Mi : « Je t'ai rapporté une chemise. » Mi sourit timidement : « Merci, cousine. »

Je dis : « Bon, il faut que j'aille travailler maintenant ! » Avant de sortir, j'ai glissé sous l'oreiller de tante Luu les deux mille dông qu'elle m'avait donnés.

Chez moi, on était en train d'égrener les épis de riz. « Est-ce qu'elle est jolie, la petite Quyên ? » me demanda sœur Ngu. « Elle est jolie », répondis-je.

Il faisait nuit noire quand nous avons fini de dîner. La pluie se mit à tomber. Une pluie battante. Éclairs et tonnerre ébranlaient le ciel. Comme notre toit fuyait, nous dûmes changer le paddy de place afin de le mettre au sec. Il était onze heures du soir quand nous eûmes fini de tout ranger. Il pleuvait toujours. Je me sentais comme pris de fièvre. Je ne tenais pas en place. Je dis à ma mère : « Je vais à la pêche aux grenouilles. Avec cette pluie, les rizières doivent en être pleines. » « Et tu n'as pas peur des éclairs et du tonnerre ? » demanda-t-elle. J'éclatai de rire. Jamais ma mère ne comprendrait ce rire. Je ris comme rirait un voyou, un détrousseur, comme rirait le diable en examinant ses griffes et s'étonnant de les trouver si longues et si fourchues.

Complainte des mânes de la grenouille

Je suis l'âme revenante de la grenouille.
Les rizières étant à sec, je dus sauter à terre.
À terre, il y a des fondrières.
Sans nattes ni couvertures
que d'atroces souffrances j'ai endurées !
Vivement le troisième mois lunaire
que tombent les pluies diluviennes pour que je puisse aller dehors.
Dehors, j'aurai de la place, je serai à mon aise,
j'irai chercher ma pitance en prévision des mauvais jours.
J'étais moine autrefois, dans une vie antérieure,
mais je n'ai pas persévéré, c'est pourquoi je suis tombée si bas.
J'ai rencontré un enfant à la peau sombre
qui me regardait dans les yeux sans rien dire.
J'ai rencontré un enfant à la peau noire
tenant d'une main un panier, de l'autre une canne à pêche,
un chapeau de latanier posé sur la tête
les cheveux enroulés dans un joli turban.
Il avait un éventail
un cylindre de bambou déjà plein de rainettes
un bâton effilé
un long fil rouge.
Moi, je venais d'atterrir dans le champ de patates.
D'un coup sec, il me disloqua la mâchoire.
Ô ma mère, trouve à ta fille un remède
cueille des feuilles de piment, de bluméa...
Je me suis cachée au fond d'une grotte

au cœur d'un bouquet de cocotier
à proximité d'une nappe flottante de liserons d'eau.
La pousse de bambou n'est-elle pas aussi le rejeton du bambou ?
Il m'attrapa, m'écorcha
m'enduisit de ciboulette, d'échalotes
de sel et de piment.
Quelle cuisante douleur ô ma mère !
Je t'en supplie, Bouddha, viens à mon secours,
prends mon âme victime d'injustice,
emporte-la au ciel avec toi.
Cent ans de rires et de larmes entremêlés
Destins d'hommes, destins de grenouilles, que de souffrances…

La campagne était déserte. Le coassement des grenouilles résonnait dans la nuit.

Il pleut.

Il pleut sans discontinuer.

Braquant devant moi ma torche électrique, je m'avançai en piétinant les tiges de paille mouillées. Il y avait des grenouilles partout. Elles fixaient le faisceau lumineux, comme hypnotisées, je n'avais plus qu'à me baisser pour les ramasser et les fourrer dans mon sac. Le tonnerre grondait. Des éclairs s'allumaient, puis s'éteignaient. L'univers s'ouvrait comme un abîme : immense, infini. Le vent soufflait par rafales, on eût dit que des milliers d'oiseaux battaient des ailes au-dessus de ma tête. Un sentiment d'épouvante m'envahit tout entier. Je tremblais comme une feuille. C'est à ce moment que je vis une ombre gigantesque glisser devant mes yeux puis s'envoler avec fracas au-dessus de ma tête. L'âme en déroute, je me jetai à terre en sanglotant. J'étais persuadé que cette force suprême – qui continuait de s'agiter avec fureur au-dessus de ma tête – pouvait tout comprendre, tout deviner, qu'elle était juste, qu'elle voyait tout dans le moindre détail, qu'elle était capable d'aider l'homme à sauvegarder le Bien dont il porte l'intuition et apporter à tous appui et réconfort. Cette pensée m'apaisa.

J'avais raison
de me sentir apaisé à cause de la forme même qu'avait choisie cette force pour se manifester
une forme imprévisible et pourtant familière, de tout temps connue
faite pour rappeler à l'homme l'importance du Bien
ici même, au milieu des champs en friche
champs de l'ignorance et de la cruauté tranquille.
Qui va là ?
Quelle est cette flûte qui pleure dans la nuit ?
Et quels sont ces revenants, ces fantômes qui tâtonnent dans les ténèbres ?
Quel est ce souffle léger ?
Ce rire étouffé
franchissant d'affreuses dents blanches ?
Quels sont ces chuchotements
Ces crissements d'insectes sans signification aucune ?
Il ne reste que le son ténu de la flûte du jeune pâtre
s'élevant au-dessus des champs dévastés du cœur
au-dessus des champs dévastés de l'humanité.
Quel est cet étrange rescapé
cet ami cher à l'écoute
cet appel des origines ?
Les cordes d'une cithare vibrent.
En cette nuit noire, qui veille encore devant la lampe ?
Qui parcourt de son pas pressé la campagne
au milieu de ce vaste monde de poussière ?

La pluie avait diminué. J'errais d'un champ à l'autre à la recherche des grenouilles, mais elles s'étaient volatilisées on ne sait trop comment. De temps en temps, une rainette se jetait comme une pierre dans l'une des rigoles qui sillonnaient les rizières. À l'horizon, du côté de l'arc des monts Dông Son, apparut une faible lueur. J'eus la sensation d'avoir perdu mon chemin. J'étais en train de me demander l'heure qu'il pouvait être quand j'entendis le chant du coq. C'était un chant tourmenté, désordonné, tantôt en notes précipitées comme un roulement de tambour, tantôt en un cri unique. J'ai marché longtemps sans attraper une seule grenouille jusqu'au moment où, me trouvant devant la rivière Câm, je me rendis compte que j'avais fait fausse route. Dans le ciel, brillait, solitaire, l'étoile du matin.

Ce n'est qu'à l'aube que je parvins à la lisière du village. L'air était d'une grande pureté. Le hameau me semblait paisible, rassurant. Après la pluie, le paysage avait un air propret et pimpant.

Je m'arrêtai pour souffler devant la maison de tante Nhung. C'était une petite maison bâtie en bordure du chemin. La claie de bambou était entrouverte. Une ombre se glissa furtivement à travers la fente, jeta un coup d'œil à gauche, un autre à droite, puis disparut derrière le buisson de streblus. Serait-ce un voleur ? J'allai donner l'alarme quand je reconnus oncle Phung. Quelques instants plus tard, tante Nhung sortit à son tour. Elle avait l'air parfaitement naturelle dans son pyjama transparent. La trentaine passée, tante Nhung avait encore un corps très harmonieux, très agréable à regarder.

Je marchais derrière oncle Phung, mon panier de grenouilles à la main. À un embranchement, oncle Phung tourna la tête. C'est alors qu'il me vit. « En as-tu attrapé beaucoup ? » me demanda-t-il. Je ne répondis pas. Inquiet, il chercha à en savoir davantage. « Pourquoi fais-tu cette tête ? » Je me sentais très triste tout à coup. J'étais triste pour tante Nhung, pour oncle Phung, pour maître Quy. Triste pour moi aussi.

Me plantant là, oncle Phung poursuivit son chemin comme s'il se fichait pas mal de ce que je pouvais penser de lui. Je rentrai à la maison. Finalement, je n'avais attrapé qu'une vingtaine de grenouilles. « C'était bien la peine d'y passer toute la nuit », me dit sœur Ngu. « Je parie qu'il s'est endormi sur son panier », dit ma mère en riant. Minh s'apprêtait à sortir pour participer aux activités de vacances organisées par son école. Elle avait mis un pantalon à pattes d'éléphant et une chemisette blanche. C'était ce qu'elle possédait de plus beau, elle ne les mettait qu'en de grandes occasions. Minh me chuchota à l'oreille : « Je sais où tu as été cette nuit, grand frère, mais je ne le dirai à personne... Ce n'était pas seulement pour pêcher les grenouilles comme on croit ! » Et elle rit. Je la regardai droit dans les yeux. Ainsi elle *savait*. Je n'aurais jamais cru que quelques heures plus tard il me faudrait la pleurer. Elle savait, tout simplement, *comme si elle en avait l'expérience, comme si elle comprenait tout*. Il lui restait, à ce moment-là, quatre heures à vivre. Quatre heures pour s'amuser, pour parvenir à la profonde compréhension de toutes choses.

Ma mère me dit : « Va porter quelques grenouilles à maître Quy, il les dégustera avec son alcool de riz. » « Entendu », fis-je. Puis j'allai me laver. Ma mère et sœur Ngu retournèrent aux champs pour arracher les arachides. J'aurais dû y aller moi aussi, car cela faisait partie de mon travail.

Je pris une ligature de grenouilles et me rendis chez maître Quy. En passant devant chez tante Luu, je vis

Quyên. « Frère machin ! » cria-t-elle en me voyant. « Mon nom est Nhâm, rectifiai-je. Mi n'est pas là ? » « Mi est partie à l'école, dit Quyên. Et vous, où allez-vous ? Je peux venir avec vous ? »

Nous nous rendîmes tous les deux chez maître Quy.

Histoire de maître Quy

Maître Quy était instituteur. C'était un homme bon qui adorait la lecture depuis sa plus tendre enfance. Lorsqu'il fut en âge de se marier, ses parents lui trouvèrent une fiancée. Maître Quy dit alors à la jeune fille : « Tu ne devrais pas m'épouser, car tu serais malheureuse toute ta vie. » La fille répondit : « Malheureuse ou pas, je veux vous épouser. » « Puisque tu tiens à être ma femme, lui dit-il, sache qu'il te faudra remplir quatre conditions : un, ne pas craindre la pauvreté ; deux, supporter l'humiliation ; trois, ne pas être jalouse ; quatre, se conduire avec décence. » « Pour celle qui sait se conduire avec décence, le reste va de soi ! » déclara la fille. Ils se marièrent et s'entendirent à merveille. Plus tard, maître Quy fut renvoyé de l'Éducation nationale pour s'être entêté à utiliser dans son enseignement des chansons populaires et des proverbes au lieu de manuels scolaires. Du temps où il était encore instituteur, alors qu'il se trouvait à Haiphong pour corriger des examens, il rencontra une fille de joie. Elle était enceinte et n'avait ni feu ni lieu pour accoucher de son enfant. Il la ramena chez lui où il en fit sa deuxième épouse. Non seulement sa première femme ne lui fit aucun reproche, mais elle lui donna de l'argent afin qu'il puisse installer la nouvelle femme. Cependant, celle-ci continuait à coucher avec d'autres hommes. Maître Quy le savait, mais il s'en moquait. Il se contentait de lui dire : « Si tu couches avec quelqu'un, n'oublie pas de te faire payer. S'il n'a pas d'argent, exige du riz, un cochon, un canard, n'importe quoi, mais ne couche pas à l'œil. » Tout le village riait de lui, mais il n'en avait cure. Il aimait bien boire. Quand il avait bu quelques verres, il se mettait à déclamer des poèmes dont certains étaient tout à fait acceptables.

La fille du génie des eaux

Première histoire

Je suppose que bien des gens se souviennent encore de la tempête survenue l'été de l'année 1956.

C'est au cours de cette tempête que la foudre a frappé le grand manguier qui poussait sur les berges du fleuve Cai, à Nôi, et l'a décapité. Quelqu'un, je ne sais plus qui, a dit qu'il avait vu deux crocodiles, étroitement enlacés, s'ébattre dans la rivière en faisant un tel tapage que l'eau en était devenue toute trouble. Lorsque la pluie s'est arrêtée, il y avait un nouveau-né au pied du manguier. C'était une ondine, issue des amours du génie des eaux.

Les gens du coin l'appelaient mère Ca. Qui l'avait trouvée au pied du manguier ? Personne ne le sait. Certains disaient que c'était le gardien du temple Tia ; d'autres, que c'était madame Mong, une femme venue de la ville ; d'autres encore qu'elle avait été recueillie par des religieuses et baptisée sous le nom de Johanna Doan Thi Phuong.

Toutes ces histoires qu'on racontait au sujet de mère Ca hantaient mon enfance.

Une fois, en revenant du marché de la plaine, ma mère m'apprit que mère Ca avait sauvé de la mort monsieur Hôi et sa fille. Monsieur Hôi habitait à Doai Ha. Il avait emmené avec lui sa petite fille de huit ans chercher du sable au bord de la rivière, pour la reconstruction de sa maison. Malheureusement, ils s'étaient enfoncés dans des sables mouvants, un trou s'était ouvert comme une bouche et les avait avalés tous deux. Mère Ca nageait dans le fleuve à ce moment-là. S'apercevant de leur malheur, elle se métamorphosa en loutre, creusa une galerie sous le sable et sauva le père et l'enfant.

Une autre fois, il s'agissait du tambour de bronze que monsieur Tu Chung avait découvert en creusant un puits dans son jardin. Le service culturel du district, ayant eu vent de l'affaire, envoya des gens pour le rapporter en ville. Mais au moment où ils traversèrent le fleuve avec le tambour, des éclairs se mirent à sillonner le ciel, le tonnerre gronda, un vent violent se leva. Mère Ca surgit de l'eau en disant : « Défaites-vous du tambour ! » Comme le bateau menaçait de chavirer, les hommes durent jeter le tambour dans le fleuve. Mère Ca s'y jucha et le battit jusqu'à ce que la tempête eût cessé. Puis elle plongea au fond de l'eau en l'emportant avec elle.

Les histoires qu'on racontait à son propos sont légion. Il y en avait de vraies, il y en avait de fausses. Ce que je sais, c'est que je n'avais pas le temps d'y prêter attention, car malgré mon jeune âge, j'étais pris du matin au soir par des travaux plus pénibles les uns que les autres.

Dans ma famille, on faisait toutes sortes de métiers : cultiver la terre, creuser l'argile pour en extraire de la latérite, travailler le bambou destiné au tressage des chapeaux. Labourer la terre n'est pas un travail de tout repos, comme chacun sait. À quatorze ans, j'étais déjà l'une des principales forces de travail de ma coopérative. Mon chef d'équipe me réveillait à quatre heures du matin. « Chuong, me cria-t-il depuis le portail, n'oublie pas que c'est aujourd'hui que tu dois labourer les rizières de Go, là où se trouvent les tombes des réactionnaires ! » Je sautai de mon lit, avalai en vitesse un bol de riz froid et sortis de chez moi. Il faisait nuit. Dans les champs de maïs, des rats détalaient en faisant un bruit de feuilles froissées. Ensommeillé et chancelant, je poussais le buffle devant moi en me fiant à la lumière électrique de la maison communale. C'était en effet par là que se trouvaient les fameuses rizières du monticule Go. C'étaient les plus mauvaises terres que je connaisse : stériles, sèches et blanches comme de la craie. Parfois, en labourant, on butait sur de véritables blocs de pierre. Je labourai sans répit jusqu'à midi. Lorsque le soleil atteignit son zénith, je détachai le buffle et rentrai à la maison. Ma mère dit en m'apercevant : « Chuong, monsieur Nhiêu dit qu'il lui faudrait encore quatre-vingts briques de latérite. La fois dernière, ton père ne lui en a livré que quatre cents. » Je pris mon louchet et me rendis sur la colline Sây, là où il y avait de la latérite. Les veines de latérite n'étant pas très profondes par ici, on les épuisait au bout de six extractions environ. Après, il n'y avait plus que de la terre. Pour obtenir de la latérite, il faut qu'il fasse beau. S'il pleut, la terre se transforme en une sorte de boue rouge, rendant la roche trop friable pour qu'on puisse la dégager. En général, je me faisais une vingtaine de blocs de latérite par après-midi, à condition de ne pas lambiner. Monsieur Nhiêu qui passait par là me dit : « Bravo, petit ! Tu travailles comme un vrai professionnel ! Autrefois, quand je creusais comme toi, il m'est arrivé de me trancher un orteil avec mon louchet ! » Et il tendit son pied pour me faire voir l'endroit où son orteil manquait. Il avait le pied des *Giao Chi*, comme on dit chez nous, c'est-à-dire qu'au lieu d'avoir un orteil bien droit, il l'avait très écarté, presque perpendiculaire à la plante du pied. Je parie qu'il devait avoir du mal à trouver chaussure à son pied. Le soir, je travaillais le bambou à la maison. Nous les achetions aux marchands du fleuve par radeaux entiers. Il fallait d'abord les gratter, leur enlever les nœuds, les débiter en tronçons et les faire bouillir dans une grande marmite. Ensuite, on devait les faire cuire à l'étuvée, avec du soufre, afin de les assouplir. Après les avoir laissé sécher pendant quelque temps, on les liait en bottes qu'on entreposait sur des poutres sous le toit. Lorsqu'on voulait s'en servir, il fallait les retremper dans l'eau pendant plusieurs jours. Alors seulement, on pouvait les débiter en lanières. C'était une opération délicate, à laquelle il fallait porter la plus grande attention. Car le couteau dont on se servait, spécialement commandé à cet usage, avait une lame aussi fine que du papier à cigarette. Une seconde de distraction et on se coupait, sans même s'en apercevoir. On mettait de côté les nœuds et la partie intérieure, ne gardant que l'écorce qu'on découpait en fines lanières. On les donnait ensuite aux enfants qui les tressaient pour quelques sous. Vingt mètres de bambou tressé formaient une bobine. On revendait ces bobines aux gens qui possédaient des machines à tisser des chapeaux. « C'est pas que ça rapporte, mais au moins on est sûr d'avoir du travail toute l'année ! disait ma mère. Et puis ça occupe les gosses, ils feront moins de bêtises pendant ce temps ! » À quatre ans, mes frères savaient déjà tresser. Ils ne se déplaçaient jamais sans leur botte de lanières sous le bras. Il fallait voir à quelle vitesse ils les tressaient ! Quant à moi, je ne me couchais qu'après la troisième veille [1]. Inutile de dire que je m'endormais aussitôt. L'image de mère Ca se faufilait alors dans mon sommeil, profitant du

1. Une nuit comporte cinq veilles. *(N. d. T.)*

moindre interstice de ma conscience. Mais c'était plutôt rare, à peine une fois l'an, je crois.

Un jour, monsieur Hai Thin, devenu entre-temps gérant de la coopérative, me dit : « Sais-tu, Chuong, que tous les jeunes de ton âge se sont engagés dans l'armée ? Je t'aurais bien pris comme comptable à la coopérative, malheureusement tu n'en as pas le niveau. Cela te dirait de devenir contrôleur ? Ou alors gardien ? » « En quoi consiste le travail de contrôleur ? lui ai-je demandé. Et celui de gardien ? » « Un contrôleur, s'il s'aperçoit qu'un gérant comme moi a puisé dans la caisse, il doit immédiatement faire son rapport à monsieur Phuong, le secrétaire de la commune. Quant au travail de gardien, prenons par exemple le champ de canne à sucre de la commune. Si tu vois des gens de Nôi s'y introduire pour voler, tu dois sortir ton fusil et tirer en l'air pour leur faire peur. » « Je ne veux pas faire le contrôleur, je n'aime pas donner les gens ; je préfère être gardien », lui ai-je dit.

Le champ de canne à sucre qui bordait le fleuve s'étendait sur plusieurs dizaines de *mâu* [1], si bien qu'il n'était pas facile à surveiller. Je me suis construit une guérite où je pouvais rester couché à lire des bouquins tout en surveillant. Mais comme je ne comprenais rien à ce que je lisais, je m'endormais souvent sur mon livre. Une fois, j'ai rêvé que je labourais. J'ai commencé par les rizières du monticule Go, puis j'ai continué tout droit, sans m'arrêter, jusqu'au centre du district. Les gens se sauvaient au fur et à mesure que j'avançais. Une autre fois, j'ai rêvé que je m'étais coupé un orteil avec mon louchet. Mais il avait repoussé aussitôt. J'ai continué à creuser et je me suis coupé à nouveau. Cette fois, l'orteil a encore repoussé.

1. *Mâu* : mesure valant 3 600 m². *(N. d. T.)*

Cela a continué une vingtaine de fois. J'avais horriblement mal à chaque fois. J'ai rêvé aussi que je m'étais tranché les cinq doigts pendant que je travaillais le bambou. J'étais obligé de manger mon riz avec ma bouche, comme les chiens. Voilà le genre de rêve que je faisais. Rien d'extraordinaire, juste des événements de tous les jours. C'était parce que je manquais d'imagination, mais ça, je ne l'ai su que bien plus tard, car j'avais seize ans à cette époque, je ne me posais pas trop de questions.

Une nuit, c'était la pleine lune, je m'en souviens. On était au septième mois du calendrier lunaire. Je faisais ma ronde autour du champ de canne à sucre. La lune éclairait le paysage comme en plein jour. Sur le sable que le vent avait séché et rendu lisse comme de la soie, les silhouettes sombres des cannes se dessinaient avec une incroyable précision. De temps en temps, le vent s'engouffrait dans les feuilles qui se mettaient à s'agiter avec des crissements à vous faire dresser les cheveux sur la tête. Soudain, j'entendis un bruit de tiges brisées. Je me précipitai vers l'endroit d'où provenait le son : des tiges de canne à sucre gisaient pêle-mêle sur le sable. Mon sang ne fit qu'un tour. Je tirai un coup en l'air. Cinq ou six gosses, nus comme des vers, s'échappèrent du champ en courant. Une fillette d'une douzaine d'années, qui avait l'air d'être le chef de la bande, se trouvait parmi eux. Elle traînait derrière elle la tige qu'elle avait arrachée. J'ai hurlé : « Arrêtez ou je tire ! » Affolés, ils se jetèrent dans le fleuve et se mirent à nager vers la berge opposée, du côté de Nôi.

Lâchant mon fusil, je me suis déshabillé puis j'ai nagé à leur poursuite. Je voulais absolument en arrêter un, car il suffisait d'en attraper un pour que toute la bande se rende. C'était ce que faisaient toujours les policiers.

La fillette nageait un peu à l'écart des autres. Tenant la tige de canne à sucre d'une main, elle frappait l'eau de l'autre, mais de manière désordonnée, comme quelqu'un qui ne sait pas nager. De plus, elle était à contre-courant, si bien qu'elle n'avançait pas très vite. À un moment, s'apercevant que je continuais à la poursuivre, elle se retourna et me tira la langue. De rage, je me suis mis à nager devant elle pour lui couper le chemin. Mais elle n'arrêtait pas de m'asperger d'eau, de sorte que j'ai dû plonger. J'ai essayé de la prendre par le pied, mais elle réussit à se dégager. Je recommençai, elle me glissa de nouveau entre les mains. Cela dura un certain temps. La fillette nageait toujours devant moi. La même distance nous séparait. Une demi-heure s'écoula sans que je parvienne à la rejoindre. Je compris que mon adversaire était une habituée des rivières, et que ce ne serait pas une mince affaire que de l'attraper. En fait, elle cherchait à me berner, afin que ses petits copains puissent s'enfuir pendant que je la poursuivais. Elle nageait tout en m'asticotant. J'étais hors de moi. Allongeant mes brasses, j'essayai de la rattraper, mais elle me riait au nez tout en s'éloignant vers le milieu du fleuve. Soudain, elle se retourna. « Regagne vite la berge si tu ne veux pas qu'on te vole ton fusil », me lança-t-elle. J'avais complètement oublié mon fusil. « Tu n'arriveras jamais à m'attraper. Personne ne peut attraper mère Ca ! » poursuivit-elle. J'étais épouvanté. Mon Dieu ! Ce n'était tout de même pas une ondine ! Juste à ce moment, je reçus une giclée d'eau dans la figure. Je n'eus que le temps d'apercevoir un dos nu et luisant qui ondulait devant mes yeux. C'était à la fois terrifiant et très beau. Puis, tout disparut. Je me retrouvai au milieu de l'eau sans rien ni personne autour de moi. C'était comme si rien ne s'était passé. Le fleuve était redevenu pareil à ce qu'il avait toujours été : hier, avant-hier, cinq cents ans auparavant. J'eus honte de moi. Nager tout nu à minuit et m'agiter ainsi ! Et pourquoi ? Pour quelques tiges de canne à sucre ! Quand on pense que la coopérative en jetait des tas au moment de la récolte ! Sans compter les pertes pendant la saison des pluies : une seule inondation et c'étaient des *mâu* entiers de perdus ! Contrit, je me laissai dériver vers la berge.

En vérité, ils n'en avaient pas arraché beaucoup, deux ou trois tiges tout au plus. Je m'en coupai un morceau et me mis à le mâcher. Mais je ne lui trouvai aucun goût. Je le jetai et retournai à la guérite où je ne pus fermer l'œil de la nuit. J'avais bien essayé de me souvenir du visage de mère Ca, mais rien à faire ! Dès que j'avais les yeux fermés, je voyais apparaître des physionomies familières, telles que celle de madame Hai Khoi – large, ronde, avec un nez proéminent et rugueux comme une vieille orange ; ou celle de sœur Vinh – pointue et blême comme les couilles d'un buffle ; ou celle de mademoiselle Hi – aussi rouge qu'une crevette cuite ; ou encore celle de frère Du dont les larges mâchoires faisaient penser à une tête de cheval. Aucun de ces visages ne méritait le qualificatif d'humain. Ils ressemblaient plutôt à des gueules d'animaux : soumises, malhonnêtes ou méchantes quelquefois, mais toujours douloureuses. J'ai cherché un morceau de miroir pour voir à quoi pouvait ressembler le mien. Le morceau étant trop petit, je ne voyais de mon visage que deux yeux qui me regardaient, deux yeux fixes et sans vie, comme ceux des statues de bois qu'on trouve dans les temples.

À la fin de cette année-là, je quittai ma place de gardien pour m'intégrer à l'équipe chargée des travaux hydrauliques. « Des quatre éléments, le plus difficile à travailler est la terre... » dit le proverbe. Bêcher, transporter la terre sont des travaux pénibles, il est vrai, mais comme j'étais jeune, rien ne m'arrêtait. Trois années – plus de mille jours – s'écoulèrent sans que je ne m'en fusse rendu compte. Si j'additionnais toute la terre que j'avais chargée sur mes épaules, je crois qu'il y en avait assez pour former une petite montagne. Seulement, il n'y avait pas l'ombre d'une montagne là où je vivais. Rien que des étendues plates et stériles ; des champs arides et desséchés malgré les innombrables rigoles d'irrigation qui les parcouraient en tous sens.

1975, voilà une année qui mérite d'être retenue, une année dont il faut se souvenir. Mon village avait organisé une grande fête : compétition de natation, concours de lutte, représentation théâtrale donnée par la troupe de la section provinciale. Pour ce qui était de la lutte, c'étaient ceux de Doai Ha qui arrivaient en tête. Malgré tout, les gars de Nôi – ils ne manquaient pas de cran ceux-là – avaient envoyé quatre de leurs meilleurs lutteurs pour se mesurer avec les favoris de Doai Ha. Mais ils furent éliminés dès le premier tour. Après cette victoire, ceux de Doai Ha se trouvaient dans une position plus qu'avantageuse. Le lutteur Thi, grand favori, cria dans une volée de roulements de tambour : « Quelqu'un veut-il relever le défi avant que la récompense revienne à Doai Ha ? » Les gars de mon village enrageaient. Ils me poussaient à relever le défi. À la vérité, je ne connaissais pas grand-chose à la lutte, mais j'avais des mains d'acier. Quand je les plante quelque part, je peux dire qu'elles restent accrochées comme de véritables pinces. Je ne sais si cette force était d'ordre physique ou moral, mais il me suffisait de serrer quelque chose dans ma main, même une brique, pour la réduire en poussière.

J'ôtai tous mes vêtements, ne gardant sur moi qu'un caleçon brun. Le public s'esclaffa. L'arbitre se lança dans une longue explication compliquée. Je compris, en gros, que je devais, si je voulais toucher la récompense, me mesurer avec cinq lutteurs. Les gars de mon village n'étaient pas du tout d'accord sur ce point. On discutait, on pinaillait ; finalement, on tomba d'accord sur le fait que je devais triompher de deux lutteurs avant de pouvoir me mesurer à Thi, celui qui avait accumulé le plus de points.

Le premier s'appelait Tiên. Je l'attaquai tout de suite. Il était assez robuste. Il riposta en cherchant à me faire un croc-en-jambe. Mais mille jours à barboter dans la boue et à transporter des paniers de terre avaient rendu mes jambes aussi inébranlables que des colonnes scellées au sol. Tiên faisait des efforts désespérés pour me déséquilibrer, sans réussir à me faire bouger d'un pouce. Pendant ce temps, je lui pris les épaules que je serrai de toutes mes forces. Trois minutes plus tard, le voilà qui devenait blanc comme un linge et raide comme un bout de bois. Il tomba à genoux. L'arbitre me proclama vainqueur.

Ce fut ensuite au tour de Nhiêu. Nhiêu était petit mais extrêmement rapide. Il sautillait comme un cabri, se faufilant partout. Je compris, après quelques passes, que Nhiêu cherchait à ruser. Il attendait que je perde mon centre de gravité pour plonger entre mes jambes et me renverser d'un coup d'épaule. Levant alors un pied, j'inclinai mon buste vers l'arrière comme si j'allais tomber. Mordant à l'hameçon, Nhiêu en profita pour glisser sa tête entre mes jambes. Il cherchait à me renverser d'un coup d'épaule, une technique connue pour être particulièrement vache. Mais tout en rétablissant mon équilibre, je serrai les cuisses sur son abdomen que je pressai tant que je pouvais. Nhiêu se tordait comme un gros ver. Au bout d'un moment, voyant qu'il ne remuait plus, je le jetai sur le dos. Des applaudissements crépitèrent. Quelqu'un me glissa dans la main un morceau de canne à sucre tout épluché. La foule m'entourait. Quelqu'un se mit à m'éventer avec le pan de sa chemise comme on fait avec les boxeurs.

Nouveaux roulements de tambour. Cette fois, ce fut Thi qui sauta sur l'estrade. Il était énorme, avec des yeux de cochon mort. Il commença par une petite démonstration très réussie. Des murmures d'admiration montèrent du public. Je m'avançai vers lui sans un mot. Campé sur ses jambes, il me regardait venir d'un air mauvais : « Si tu tiens à la vie, petit morveux, rends-toi tout de suite ! » siffla-t-il. « Tu peux toujours courir ! » rétorquai-je. « Prends garde à ton nez, petit con, tu n'auras pas le temps de sentir ton sang pisser ! » Et il se rua sur moi en levant dangereusement un genou.

Mais plus de dix minutes s'écoulèrent sans que Thi réussît à m'envoyer au tapis. Il eut alors recours aux coups bas : il me bourra de coups de coude et de coups de genou. La lutte était extrêmement serrée. L'arbitre aurait dû le sanctionner, mais comme c'était un homme de Doai Ha, il le laissa faire. J'étais fou de rage. Tout en parant les coups, je dis à Thi : « C'est un combat, ou une bagarre de voyous ? » « Ta gueule ! Je te démolirai jusqu'à ce que tu me supplies d'arrêter ! » Le tambour battait à tout rompre. L'assemblée me lançait des cris d'encouragement, mais personne n'était intervenu pour empêcher l'usage des coups bas. D'ailleurs, beaucoup de ceux qui regardaient encourageaient plutôt Thi : « Vas-y ! Démolis-le ! » criaient-ils. La colère m'aveugla. Mes yeux ne voyaient plus clair, mes oreilles bourdonnaient, un goût salé de sang me montait à la bouche. Juste à ce moment, Thi essaya de me porter un double coup de pied. Non seulement je réussis à m'esquiver, mais je parvins à lui attraper la cheville. Thi chercha à se dégager, mais mes mains le serraient comme des tenailles. Thi roula à terre en se débattant. « Il a perdu ! Il a perdu ! » criait-on de tous les côtés. L'arbitre vint vers moi pour me dire que ce que j'étais en train de faire n'était pas réglementaire. Je l'écartai d'un geste, puis, sans mot dire, je me dirigeai vers la table où se trouvait la récompense. Je la pris et quittai l'estrade. Quelqu'un me frappa à l'épaule : « Bravo, petit ! Tu t'es comporté comme une vraie crapule ! » Je ne savais pas ce que voulait dire le mot crapule. Je m'imaginais qu'il s'agissait d'un compliment.

En quittant la fête, je suis passé dans un magasin où j'ai acheté un paquet de bonbons pour mes frères et sœurs et un peigne pour ma mère. Puis je suis rentré en coupant à travers les rizières. La nuit tombait quand j'atteignis le fleuve. À un tournant, un groupe d'hommes jaillit des ténèbres. À leur tête marchaient les trois lutteurs que j'avais vaincus : Thi, Nhiêu et Tiên. Thi me dit : « Arrête-toi si tu tiens à la vie ! » Je rétorquai : « Tu te fais bandit de grands chemins, maintenant ? » Sans répondre, ils se ruèrent sur moi. Je me défendais assez bien, il me semble, mais comme j'étais seul, ils ne tardèrent pas à m'assommer. Lorsque je revins à moi, j'étais allongé sur un lit de paille. J'avais mal partout. « Tu n'as pas trop mal ? » demanda ma mère. Je hochai la tête. Ma mère pleurait : « Quel besoin as-tu de prouver que tu es le plus fort, mon fils ? Faire le pitre pour amuser la galerie, tu ne crois pas que c'est humiliant ? » Je pensai que ma mère avait raison. « Promets-moi que tu ne le feras jamais plus ! » ajouta-t-elle. Comme j'aimais ma mère, je promis. Mais en moi-même je me disais qu'il faudrait dorénavant que j'aie un couteau sur moi. « Qui m'a sauvé la vie ? » ai-je demandé à ma mère. « C'est mère Ca ! Qui veux-tu que ce soit ? » répondit-elle en souriant. Je voulais en savoir plus, mais elle était déjà partie torréfier des feuilles de chrysanthème pour m'en faire une décoction.

Il ne m'a pas fallu longtemps pour retrouver mes forces. Ma jeunesse y suffisait, car en guise de médicament, il n'y avait guère que la décoction de feuilles de chrysanthème que ma mère employait, moitié comme sirop, moitié comme baume de massage. Lorsque j'ai pu me relever, ma première idée fut de me munir d'un couteau et d'aller trouver le lutteur Thi. Mais ma coopérative m'avait inscrit à un cours de comptabilité organisé par la commune. La convocation que je reçus me sommait de m'y rendre sur-le-champ. J'ai dû partir, laissant en suspens mon projet de vengeance.

C'était un stage de six mois, avec une trentaine d'élèves. On y enseignait toutes sortes de matières : le socialisme, l'histoire, l'économie politique, ainsi que différentes façons de tenir une comptabilité. C'était la première fois que je faisais connaissance avec un vocabulaire, des concepts, un langage scientifique, bref, des choses dont je n'avais jamais entendu parler auparavant. J'étais enthousiasmé. Mais je tardai pas à m'apercevoir que tout cela me passait par-dessus la tête. L'enseignement glissait sur moi sans laisser la moindre trace ; je ne comprenais rien aux lois de la comptabilité – créer un compte, vérifier les entrées, les sorties, dresser des statistiques –, de même que je ne comprenais rien aux théories concernant l'idéalisme ou le matérialisme. Pour moi, la dialectique consistait à aller de l'avant sans se soucier des difficultés, un peu comme dans mon rêve, lorsque je labourais les terres stériles de Go en poussant ma charrue jusqu'au centre du district. Quant à la théorie concernant la loi des compensations, elle me faisait penser à la raclée que j'avais reçue de Thi et de ses acolytes, une raclée qui m'avait mis tant de haine au cœur que je n'avais plus qu'une idée en tête : leur faire payer au centuple le mal qu'ils m'avaient fait. En histoire, enfin, je confondais toutes les époques. Mes maîtres étaient complètement découragés, ils disaient que je n'avais aucun don pour les études.

Personne ne m'aimait dans la classe, car il suffisait qu'on me mette dans une équipe pour qu'elle perde des points à cause de moi. De plus, j'avais l'air ridicule. Personne ne s'habillait comme moi. Ils avaient tous des vêtements à la mode ; c'était très joli, j'en convenais, je ne demandais pas mieux que d'être comme eux, mais n'ayant pas d'argent, je devais me contenter de mon sempiternel pantalon brun et de ma chemise bleu clair. Quant aux repas, tandis qu'ils mangeaient tous ensemble, moi, je faisais ma popote à part. Je ne voulais pas me joindre à eux parce que je savais que j'avais un gros appétit. Je dévorais huit à neuf bols de riz par repas ; à trois repas par jour, faites le calcul vous-mêmes, qui voudrait partager les frais avec moi ?

En classe, j'étais assis tout seul dans un coin. Je pouvais tranquillement piquer du nez sans que cela gêne personne. Mes maîtres et maîtresses, n'en pouvant plus, me fichèrent la paix. Aux devoirs de contrôle, ils me donnaient automatiquement cinq, c'est-à-dire la moyenne.

Vers la fin du stage, les autorités nous bombardèrent un nouveau professeur de comptabilité : mademoiselle Phuong. Elle revenait d'un séjour à l'étranger et manifestait à tout bout de champ une joie tapageuse. Elle portait un jean, un T-shirt glissé sous le pantalon et un sac en bandoulière. On aurait dit une vedette de cinéma.

Au moment de nous rendre nos devoirs, mademoiselle Phuong dit : « Lequel d'entre vous s'appelle Chuong ? » « C'est moi, mademoiselle ! » répondis-je. La classe éclata de rire parce qu'elle avait tout juste mon âge. Réprimant un sourire, Mademoiselle Phuong déclara : « Je n'ai rien compris à votre devoir. Vous employez en comptabilité des méthodes beaucoup trop hermétiques pour moi ! » La classe s'esclaffa de nouveau. « Venez me voir après le cours. Je vous fournirai de plus amples explications sur les lois de l'économie. »

Lorsque je suis venu la trouver, à la fin de la journée, on me dit qu'elle était partie à mobylette du côté du fleuve. Un peu triste, je fourrai dans ma sacoche mes cahiers de cours, mon argent, mes papiers et quittai l'école. J'errai sans but sur la route. Finalement, je me retrouvai, je ne sais comment, du côté du fleuve. Mademoiselle Phuong était assise sur la berge. Sa mobylette était garée juste à côté. Le paysage ressemblait exactement à celui de mon village : le fleuve devant et derrière, un champ de canne à sucre.

En m'approchant, je m'aperçus que mademoiselle Phuong pleurait. Elle avait caché son visage dans ses mains, ses épaules étaient secouées de sanglots. « Bonsoir, mademoiselle ! » lui ai-je dit. Elle tressaillit en entendant ma voix. Puis elle releva la tête et, lorsqu'elle me reconnut, elle se fâcha : « Fichez le camp ! cria-t-elle. Vous êtes tous pareils, vous les hommes ! Tous des salauds ! » Son insulte m'avait tellement stupéfié que je demeurai comme planté sur place. Alors elle prit sa sandale et me la lança à la figure. Elle avait des chaussures à talon, je le reçus en plein visage. Du sang gicla. Il y en avait tellement que je ne voyais plus clair. J'ai dû m'asseoir par terre. Mademoiselle Phuong se précipita vers moi, s'agenouilla et, m'ôtant les mains de la figure, elle dit d'une voix affolée : « Je vous ai blessé ? Je ne sais pas ce qui m'a pris ! Oh mon Dieu ! Je suis folle ! »

J'ai lavé ma blessure dans l'eau du fleuve. Mademoiselle Phuong tournicotait autour de moi en répétant sans arrêt qu'elle était désolée. Alors, lui montrant les cicatrices que Thi et sa bande m'avaient faites au bras et aux épaules, je dis : « Ce n'est rien. Vous voyez bien que ce que vous m'avez fait n'est rien à côté de ça ! » « Je vous demande pardon, me dit-elle. J'ai eu beaucoup d'ennuis ces temps-ci. J'ai perdu le contrôle de moi-même ! »

Elle sortit de son sac du pain et des bananes séchées qu'elle m'obligea à manger. « Je vous prie de me pardonner, répéta-t-elle. J'ai aimé un homme et il m'a trahie. Je n'arrive pas à m'y faire. Vous me comprendriez si vous aviez aimé comme moi ! » « Je n'ai pas encore aimé, il est vrai, mais cela ne m'empêche pas de penser que la trahison est une bien vilaine chose. » Mademoiselle Phuong eut un sourire triste : « Non, vous ne m'avez pas bien comprise. La personne qui m'a trahie est quelqu'un de très bien. Simplement, elle n'ose pas faire les sacrifices qui s'imposent ! »

Mademoiselle Phuong se tut. Elle avait entouré ses genoux de ses bras. Elle me semblait toute petite et triste, et très jolie aussi. Un sentiment de tendresse me submergea, je l'aimai à ce moment-là comme si elle était ma petite sœur.

Elle dit au bout d'un moment : « Au fond, j'ai eu tort. C'est tout à fait normal qu'il ne veuille pas se sacrifier pour moi. Je suis une fille pas très jolie, n'est-ce pas ? » Je fis non de la tête. Je me disais qu'il avait bien de la chance, celui qu'aimait mademoiselle Phuong. « Vous vous trompez, lui dis-je, vous êtes très jolie. » Elle rit. Saisissant brusquement ma sacoche, elle la soupesa : « Qu'est-ce que vous avez là-dedans ? » « Mes livres, mes cahiers, ma carte d'identité, ma carte du parti et un peu d'argent », répondis-je avec embarras. Alors elle me dit : « Dites-moi, frère Chuong, seriez-vous capable de vous sacrifier par amour pour une femme ? » Je ne savais franchement pas quoi lui répondre. Mademoiselle Phuong ajouta : « Eh bien, voilà : si je vous aimais, oseriez-vous jeter votre sacoche dans le fleuve pour l'amour de moi ? » Je fis oui de la tête. « Alors, jetez-la ! » fit-elle. Je pris ma sacoche et, me levant, j'allai la balancer dans le fleuve. La sacoche s'enfonça lentement dans l'eau. Mademoiselle Phuong pâlit de surprise. « Casseriez-vous cette clôture pour l'amour de moi ? » Je me dirigeai sans rien dire vers la clôture qui entourait le champ de maïs. Je commençai par casser les fils de fer qui l'entouraient. J'arrachai ensuite les poteaux de métal que je tordis en deux avant de les jeter à ses pieds.

« Approchez-vous ! » m'ordonna-t-elle. Puis, m'attirant à elle, elle m'embrassa sur la bouche. Elle me disait qu'elle était heureuse. « Quand je pense que je me suis tourmentée pour un homme égoïste ! Un type qui n'en vaut pas la peine ! » disait-elle. Puis elle est montée sur sa mobylette. « Oubliez toutes ces sacrées théories de comptabilité ! » me lança-t-elle avant de mettre son moteur en marche. Je demeurai interdit. Le baiser inattendu qu'elle m'avait donné me grisait. J'étais heureux. Je suis entré tout habillé dans le fleuve où j'ai nagé en faisant des allers retours d'une rive à l'autre. La lune était resplendissante, je trouvais la vie merveilleusement belle.

Le stage prit fin deux jours plus tard. Mademoiselle Phuong n'avait pas reparu. On disait qu'elle était partie pour Hanoi où elle avait des affaires à régler. J'ai rassemblé mes effets, j'ai dit adieu à tout le monde et je suis retourné chez moi.

À mon retour, je fus promu chef comptable de la coopérative. Au bout d'un mois de travail, monsieur Hai

Thin me convoqua dans son bureau. « Nous t'avons envoyé à l'école pour rien ! me dit-il. Tu n'as rien appris ! » Je fus licencié le lendemain, mais cela ne m'affecta pas outre mesure. Je repris mes activités d'autrefois, celles que je faisais dix ans plus tôt : cultiver la terre le matin, chercher de la latérite l'après-midi, travailler le bambou le soir. Toutefois, je n'arrivais pas à ôter mademoiselle Phuong de mon esprit.

Un jour, saisissant je ne sais plus quel prétexte, je suis retourné au district. Je me suis rendu à mon ancienne école dans l'intention de revoir mademoiselle Phuong, mais je n'ai plus reconnu personne. « Quelle Phuong cherchez-vous ? me demanda le concierge. Il y en a plusieurs ici : une Trân Thi Phuong ; une Quach Thi Phuong ; une Lê Thi Phuong. Il y avait bien une Phuong qui avait à peu près votre âge, mais elle a quitté l'école. On dit qu'elle a été élevée au couvent, chez les sœurs. Elle s'appelait Doan Thi Phuong, je crois. » Je tressaillis : se pourrait-il que ce fût mère Ca ? Mais le concierge disait que c'était tout ce qu'il savait d'elle. Nous étions aux vacances d'été, la cour de l'école était déserte. J'errai un moment en ville, ne sachant trop auprès de qui me renseigner. Finalement, je décidai de m'adresser aux religieuses du couvent.

Je fus reçu par la supérieure. C'était une femme âgée, au regard triste. « Johanna Doan Thi Phuong a bien vécu chez nous de six ans à douze ans, me disait-elle. Elle nous a été confiée par ses parents. » « Mais j'ai entendu dire que Johanna Doan Thi Phuong est en réalité une ondine, qu'elle s'appelle mère Ca ! » me suis-je écrié. « Pas du tout ! répondit la supérieure. C'est la fille du premier lit de monsieur Doan Huu Ngoc, un marchand de nuoc-mam. Ses parents habitent Hanoi. » J'étais hébété, déçu. « Je ne connais pas votre mère Ca, ajouta la supérieure au moment où je me levai, mais Johanna Doan Thi Phuong est une chrétienne, une enfant de Dieu. Monsieur Doan Huu Ngoc l'avait amenée ici comme s'il la mettait simplement à l'école, mais Notre Seigneur ne lui en a pas tenu rigueur, si grande est Sa Miséricorde ! »

Je ne dormis pas cette nuit-là : la circulation en ville était trop bruyante. Je suis allé m'asseoir sous la véranda du couvent. De bonne heure le lendemain, je me suis mis en route pour le temple Tia.

Le temple Tia était juché sur un rocher situé au milieu du fleuve. Le gardien, un homme du nom de Kiêm, était pêcheur de son état. Il avait soixante ans environ et logeait dans le temple. En y pénétrant, je fus frappé par la quantité de poissons qu'il avait mis à sécher. Il y en avait partout, dans la cour et même entre les poutres transversales. Monsieur Kiêm m'offrit de l'alcool et du poisson grillé. « Je suis gardien de ce temple depuis quarante ans. Il n'y a ici que moi et une tortue que j'ai élevée pour me tenir compagnie », me raconta-t-il. Et il me montra la ficelle à laquelle était attachée la tortue cachée sous le lit. Je l'interrogeai au sujet de mère Ca. « Je ne suis pas au courant de cette histoire d'ondine, mais je me rappelle très bien la tempête qui a sévi cette année-là, dit-il. Je me souviens que la foudre a décapité le grand manguier de Nôi. Vous devriez chercher du côté de Nôi, on vous renseignera peut-être. »

Je suis resté avec monsieur Kiêm toute la matinée. Je l'ai aidé à réparer la partie du toit qui fuyait, puis j'ai pris un raccourci et je suis rentré à Nôi.

Comme le chemin de Nôi passait par Doai Ha, j'ai cherché la maison de monsieur Hôi, celui qui avait été sauvé des sables mouvants par mère Ca. Monsieur Hôi était un vieil homme qui n'avait plus toute sa tête. « Oui, on creusait un trou dans le sable, murmura-t-il. Le trou s'est ouvert, le sable nous a avalés. Je crachais du sang. » J'avais beau lui poser toutes sortes de questions, il me répondait toujours par la même phrase. « Il ne se souvient plus de rien, me dit son fils. De plus, il est sourd comme un pot depuis pas mal d'années. » Dépité, je les saluai, puis poursuivis mon chemin.

J'ai traversé le fleuve à la nage pour rejoindre le village de Nôi. Le manguier décapité par la foudre s'était ratatiné avec le temps. À son pied, des enfants, à force d'y faire du feu, avaient laissé un profond trou noir. Je me suis arrêté devant une guérite qui servait à surveiller les filets. En jetant un coup d'œil à l'intérieur, j'eus un haut-le-corps. Un vieillard était allongé sur un lit de paille, tout au fond de la guérite. « C'est toi, Thi ? » demanda le vieux en m'entendant. Puis il se dressa sur son coude. J'eus l'effroyable vision d'un vieux diable aux cheveux en bataille, à la barbe hirsute, aux yeux injectés de sang. Je compris qu'il était paralysé, car il avait des jambes maigrichonnes où poussaient des poils clairsemés et raides comme de la soie de porc. Je me présentai. Je m'aperçus avec surprise qu'il avait conservé toute sa lucidité, que ses propos étaient parfaitement sensés. J'appris, au bout d'un moment, qu'il était le père du lutteur Thi de Doai Ha, qu'à cause de sa paralysie, il ne pouvait rien faire d'autre que rester là, à surveiller les filets.

Peu à peu, j'orientai la conversation sur l'histoire de mère Ca. Le vieux se pliait en deux de rire. Comme le bas de son corps demeurait parfaitement immobile pendant ce temps, j'eus la chair de poule en le regardant. Je n'avais rien vu d'aussi effrayant. « Tu vois le grand van fendu là-bas ? Eh bien ! c'est à travers cette fente que les deux crocodiles se sont accouplés... » Et il rit de nouveau. J'étais épouvanté. La panique s'empara de moi. Il poursuivit : « C'était à l'époque où je pouvais encore me servir de mes jambes. J'ai inventé cette histoire de mère Ca de toutes pièces. Tout le monde y a cru. Tiens, regarde là-bas : c'est la tombe de mère Ca. Si tu veux savoir à quoi elle ressemble, tu n'as qu'à l'exhumer ! » Et il me désigna une tombe au pied du manguier. J'ai pris la bêche qui se trouvait dans un coin de la guérite et je me suis dirigé vers la tombe. J'ai procédé à la façon des gens qui exhument les cadavres pour les changer de sépulture. À environ un mètre de profondeur, je suis tombé sur un morceau de bois. Il était tout pourri et ne ressemblait à rien. Je suis resté assis longtemps à le contempler… Le vieux diable avait sans doute cessé de rire ; il devait être en train de dormir.

Devant moi, le fleuve roulait ses eaux tumultueuses. Les fleuves vont à la mer et la mer est immense. Quand je pense que j'ai vécu près de la moitié de ma vie sans avoir jamais vu la mer ! Le temps lui aussi roulait ses jours tumultueux. Encore quelques années et ce serait l'an 2000…

Je me suis levé et je suis rentré chez moi. Demain, j'irai voir la mer. Là-bas, je ne risquerai pas de rencontrer des ondines.

Deuxième histoire

Lorsque j'ai annoncé à ma famille que j'allais voir la mer, je n'avais franchement aucune idée de l'endroit où elle pouvait se trouver.

« Comme ça, Chuong, tu nous quittes ? me dit ma mère. Tu quittes ta mère, tes frères et tes sœurs ? » Je n'ai pas répondu, je me suis sauvé en courant. Je savais que si j'hésitais, je ne partirais jamais plus. Je resterais à faire ce que j'avais toujours fait, labourer le matin, extraire la latérite l'après-midi, travailler le bambou le soir jusqu'à ce que mort s'ensuive. J'userais mon existence à ces besognes, tout comme mon père, tout comme monsieur Nhiêu, monsieur Hai Thin ou d'autres manants loqueteux et sans malice de mon village.

Je suis donc parti. J'ai marché en suivant la direction du soleil levant. Je n'ai rien pris avec moi, ni vêtements, ni affaires, rien qu'un couteau que j'avais commandé à Doai Ha. Un couteau pointu, tranchant, provenant de la suspension d'une auto dont la lame brillait d'un éclat bleuté.

La pensée de mère Ca, plus précisément de Johanna Doan Thi Phuong, m'obsédait. La fille du génie des eaux ! Je me disais que si je réussissais à la retrouver, alors je n'aurais plus rien à demander à la vie ! Je ne sais pourquoi, j'avais imaginé que je la rencontrerais là-bas, si loin, vers la mer…

J'ai parcouru un tas de villages où j'ai dû m'arrêter pour gagner ma vie. Je peux dire qu'ils étaient tous aussi sinistres les uns que les autres. Partout, les mêmes cultures : riz, maïs, patates, légumes. Partout, les mêmes travaux : labourage, repiquage, irrigation, récolte.

Pour vendre ma force de travail, j'étais obligé de me poster de bonne heure à l'entrée du village. Je me tenais d'ordinaire sous un banian ou devant une échoppe abandonnée. Parfois, je poussais jusqu'aux marchés à la sauvette qui se tenaient au bord des routes. Je n'étais pas le seul ; beaucoup d'autres attendaient tout comme moi. C'étaient des hommes pour la plupart, mais il y avait aussi des femmes. En général, c'étaient des paysans que la faim avait jetés sur les routes ou de pauvres hères qui venaient des hameaux voisins. Ces marchés humains commençaient très tôt, avant le premier chant du coq… Les hommes se déplaçaient avec des torches allumées, ils passaient devant chacun de nous, nous tâtant les bras, les mollets, nous demandant si nous savions faire ceci ou cela. Après ces préliminaires, on convenait d'un salaire journalier, en général très bas. Pour un travail de terrassement, on recevait l'équivalent de deux kilos et demi à trois kilos de riz non décortiqué. Pour un travail de repiquage, on gagnait un peu moins, entre un kilo deux cents et un kilo huit cents. La plupart du temps, je n'acceptais que des travaux à l'extérieur, comme repiquer le riz, moissonner, semer, enfumer. Je n'aimais pas les travaux domestiques. Dans les rizières, j'étais libre, je pouvais profiter du grand air, de l'espace, du ciel au-dessus de ma tête, je n'avais pas à me mêler de la vie des autres. Je dois ajouter que ceux qui nous embauchaient n'étaient pas bien riches non plus, ils travaillaient comme des bêtes de somme, et ils étaient obligés parfois de prendre sur leur nourriture afin de nous payer.

Mais c'était surtout l'atmosphère accablante, la vie croupie des campagnes qui me pesait et m'attristait. Quelle agitation, quel affolement rien que pour gagner son bol de riz ! Partis pris et hypocrisies sociales pesaient comme une chape. Que d'existences brisées par suite d'un pouvoir patriarcal abusif ! Que de femmes flétries à cause de préjugés sexuels ou moraux ! Dans les champs, on ne voyait presque pas d'hommes, seulement des vieillards, des femmes et des enfants analphabètes.

À partir du troisième mois lunaire, le travail se faisant plus rare, je ne trouvais plus à me faire embaucher tous les jours. Je n'avais rien à manger. Le ventre creux, j'errais le long de la digue, dans un brouillard à couper au couteau. Du ciel tombait une bruine continue, j'en avais partout : devant, derrière, à gauche, à droite. Le vent soufflait avec rage. « Le froid ou la faim, c'est du pareil au même », disaient les anciens ; et ils n'avaient pas tort. Une fois, je suis tombé sur le cadavre d'un mendiant : il gisait sur le bas-côté de la digue. Un vague sentiment de peur me gagna. Je me mis à songer à la mort, ce qui ne m'était jamais arrivé auparavant. J'avais faim. J'avais froid. J'étais surtout seul et cette solitude me cinglait encore plus durement que le vent de l'hiver. Mon cœur esseulé se tourna alors vers mère Ca, la fille du génie des eaux. À quoi ressemblait-elle ? Était-elle belle ? Était-elle laide ? Dans quelles lointaines contrées se trouvait-elle ?

Tandis que je cherchais à me la représenter, elle m'apparut dans une sorte d'éblouissement. Je pouvais distinguer avec précision chacun de ses traits, ses sourcils arqués, son expression intrépide. J'avoue l'avoir tout d'abord trouvée quelconque. On ne pouvait pas dire qu'elle était belle, non ! Mais cela n'avait aucune importance. Nous vivions, elle et moi, dans un univers à part, un univers qui ne ressemblait à nul autre. Nous étions comme deux éléments indépendants et contradictoires, deux corps étrangers irrésistiblement attirés l'un vers l'autre. Cependant, bien que pour rien au monde nous n'eussions accepté d'être un objet à la disposition de l'autre, nous ne cessions de nous poursuivre avec acharnement. Car elle me voulait comme je la voulais. Elle voulait régner sur mon âme comme je voulais régner sur la sienne. Or, malgré cette attirance réciproque, rien ne comptait davantage à nos yeux que notre propre liberté. Nous nous débattions comme deux beaux diables pour la préserver, tout en sachant que nous n'y parviendrions que le jour où nous aurions accepté de renoncer l'un à l'autre. C'est bien parce que j'étais incapable de renoncer à elle que je me suis lancé dans cette vie de forçat, que je me suis vidé de toutes mes forces. Car son âme, pour se nourrir, avait besoin de la nourriture la plus barbare qui fût : ma jeunesse et ma vitalité. Chacune de ses bouchées était un morceau de ma chair vive. Je l'imaginais en train de me déchiqueter de ses doigts délicats aux ongles pointus. Je l'imaginais en train de me dévorer tout cru, morceau après morceau, glissant par intermittence sa langue entre ses lèvres afin d'en récupérer tout le sang.

Mais ces réflexions, je ne me les suis pas faites tout de suite, quand, tiraillé par la faim, j'allais sans but sur la digue, mais longtemps après. En ce temps-là, j'étais encore un garçon mal dégrossi, bourré d'idées fausses, je ne comprenais rien à rien. Un croquant sans instruction, voilà ce que j'étais. Avec de petits sentiments – de compassion ou d'humanisme –, avec de petites idées – idéalistes ou métaphysiques –, un grand benêt en un mot. Je n'avais pas encore appris à me mépriser, ni à mépriser le savoir. Je ne savais pas m'aimer non plus. Si j'éprouvais de l'attachement pour mon village ou pour ma famille, c'était simplement parce que je les avais parés de couleurs romantiques ou que j'étais mystifié. C'était la conséquence de mon peu de culture et de mon étroitesse d'esprit. Je n'avais aucune conscience de la psychologie individuelle ni de celle du grand troupeau des humains.

Vers la fin du septième mois lunaire, j'acceptai de couler des briques pour une vieille dame qui habitait les hauts plateaux, à Son Tây. Elle avait quatre-vingts ans, un fils militaire en garnison au Cambodge et une fille de quarante ans du nom de Thoi. Sa fille était mariée avec un garçon d'un village assez éloigné du sien, aussi ne venait-elle la voir que de temps en temps. Elle arrivait dans l'après-midi, faisait le ménage, rangeait la maison et repartait aussi vite qu'elle était venue. La vieille vivait donc seule. Sa maison, entourée d'un jardin d'à peu près un *sao*[1], avait un toit de chaume et des murs de torchis, si bien qu'on pouvait dire sans risquer de se tromper qu'elle ne tiendrait pas au-delà de deux saisons de pluies consécutives. Son fils, célibataire et chef d'escadron du génie, s'appelait Thê. Un jour, la vieille me fit lire les lettres qu'il lui avait envoyées de là-bas. Il avait une écriture aisée et, à le lire, on voyait tout de suite qu'il était pour elle un bon fils.

« *Maman, n'oublie pas de prendre bien soin de toi, s'il te plaît, ne serait-ce que pour me rassurer. Je te promets que l'année prochaine je profiterai du temps de ma permission pour nous bâtir une nouvelle maison, et aussi pour me marier. Tu n'as qu'à me choisir une femme de chez nous, prends une veuve, si tu veux, une*

---

1. Un dixième du *mâu* : environ 360 m². *(N. d. T.)*

femme atteinte de petite vérole, si tu veux, l'important est qu'elle soit aimante avec moi. J'essayerai de régler ça pendant mes dix jours de permission afin que tu puisses t'en aller un jour en paix. Quant à moi, je suis en excellente santé. Tout le monde ici est très gentil avec moi. Je pense beaucoup à toi, maman. Tu me manques au point que je sens comme une épine plantée dans le cœur… »

Pour faire mes briques, j'utilisais la terre du jardin. Elle me payait cinquante centimes la pièce, mais comme je devais lui rembourser la nourriture et le riz qu'elle me fournissait, il ne me restait plus que trente-cinq centimes. « J'aimerais que vous lui en fabriquiez six millions, disait-elle. Comme la construction de la maison va lui en prendre quatre, il pourra utiliser le reste pour s'offrir une cuisine. Si je vous payais l'enfournage et le défournage, croyez-vous que vous pourriez tout terminer avant le solstice d'hiver ? » « Je pense que oui », lui ai-je répondu. « Je suis vraiment stupide, poursuivit la vieille. Je me demande ce qui m'a pris de vous faire commencer les travaux juste au moment de la saison des pluies. Ce n'est pas très malin, n'est-ce pas ? Il est vrai que j'ai beaucoup traîné, mais c'était la faute à Thoi, ma fille aînée. Je lui ai demandé de me revendre une paire de boucles d'oreilles, mais elle me disait toujours qu'elle n'arrivait pas à trouver d'acheteur. C'était un mensonge, bien sûr ! Heureusement que je suis tombée sur vous. Vous êtes tellement gentil avec moi, vous travaillez comme si c'était pour vous. C'est mon karma qui veut ça, je crois. J'espère que mes enfants pourront en profiter… » Des larmes me picotaient les yeux, j'avais envie de hurler. J'aurais voulu avoir déjà fini afin de pouvoir me remettre en route. Malheureusement, il n'arrêtait pas de pleuvoir, si bien que toutes les deux ou trois cents briques, j'étais obligé de m'arrêter pour les mettre à l'abri. Mais que pouvais-je faire d'autre ? J'avais faim, je n'avais trouvé que ce boulot de malheur qui, peut-être, ne me rapporterait pas un sou vaillant !

Je vous fais grâce des détails concernant mon travail. Quant à la veille dame, elle se levait au chant du coq pour me préparer à manger. Elle descendait dans son jardin, glanait quelques feuilles de patate douce, de pourpier ou d'autres herbes dont elle me faisait une soupe assez claire. Comme plat de résistance, elle me servait soit une poignée de crevettes poêlées, soit du sésame moulu, soit quelques crabes attrapés dans les rizières. Quant au riz, elle le faisait cuire dans une marmite en terre cuite. Elle le réussissait très bien, son riz, toujours cuit à point, c'est-à-dire ni trop collant, ni trop écrasé, ni trop brûlé, ni trop sec, ni trop dur. Elle se donnait tout ce mal parce qu'elle n'avait qu'un désir, qu'une volonté : obtenir ses six millions de briques. Comme j'aurais aimé, moi aussi, orienter mon âme vers quelque chose d'aussi matériel et d'aussi concret ! Mais il ne suffit pas de vouloir pour pouvoir, n'est-ce pas ?...

Au dixième mois lunaire, mes six millions de briques enfin atteintes, j'entrepris la construction des deux fours destinés à les faire cuire. En voyant l'énorme tas que j'avais fabriqué de mes mains, je ne pus m'empêcher d'éprouver un sentiment de fierté. Quant à la vieille dame, elle était si petite qu'elle semblait disparaître au milieu de cet amoncellement. Elle pleurait de joie. Je lui dis : « J'aurais besoin de tous les bananiers et caramboliers du jardin pour entretenir les fours ! » « Eh bien ! coupez-les ! » me dit-elle. « Peut-être que je serai obligé d'en prendre sur la maison si le bois du jardin ne suffit pas », ajoutai-je. « Eh bien ! démolissez-la ! Aucune importance, puisque de toute façon mon fils aura bientôt une autre maison ! »

J'allumai les fours exactement le jour du solstice d'hiver. C'étaient des fours à ciel ouvert, il faisait un froid de canard. Pour l'occasion, la vieille avait préparé un plateau d'offrandes, avec une bouteille d'alcool blanc, un pied de porc et de la sauce de soja. Je vidai d'un trait la moitié de la bouteille, poussai quelques jurons d'usage, puis arrachai du toit une botte de chaume que j'utilisai comme mèche. La vieille dame était restée couchée, car elle ne se sentait pas très bien. J'ai dû arracher presque la moitié du toit avant d'arriver à allumer mes feux. Finalement, les fours s'enflammèrent, empourprant toute une partie du jardin. Il faisait une chaleur d'enfer, si bien que je n'avais qu'un caleçon sur moi. J'étais en nage. Les fours ont brûlé durant trois jours et trois nuits. Pas une plante du jardin qui ne fût calcinée ! La vieille mourut à la fin de la troisième nuit. Elle est partie tout doucement, sans rien dire de ses dernières volontés. Je l'ai portée dans mes bras et j'ai couru comme un somnambule autour des deux fours. C'est qu'elle me devait toujours le salaire de six millions de briques, autrement dit deux cent dix mille dông !

Le matin suivant, sa fille aînée, celle qui s'appelait Thoi, est arrivée avec tous ses enfants. Ils étaient en grand deuil. Elle se mit aussitôt à farfouiller dans les poches du cadavre d'où elle sortit une paire de boucles d'oreilles en or qu'elle me tendit. C'était pour me payer. Je les fourrai dans la poche de ma veste et quittai leur maison au moment où l'on mettait la vieille en bière. Je repris la route, laissant derrière moi les pleurs et les lamentations. J'avais passé près de six mois à travailler pour la vieille dame, j'étais bien loin de la mer…

Je me suis arrêté chez un bijoutier à H. Il était encore tôt. Je devais avoir une mine épouvantable, car je ne m'étais pas fait couper les cheveux depuis mon départ et les vêtements que je portais le jour où j'avais quitté ma mère s'étaient complètement élimés avec le temps. Tout ce qui me restait, c'était mon couteau.

Je tendis au bijoutier les boucles d'oreilles en lui disant que je voulais les vendre. Mais dès qu'il les vit, il se jeta à mes genoux en gémissant : « Qu'est-ce que c'est que cette plaisanterie, mon vieux ? Ces bijoux fantaisie n'ont aucune valeur. On en trouve des tas sur les marchés ! Écoute, je viens d'ouvrir ma boutique, sois gentil, ne viens pas semer la poisse, s'il te plaît ! »

De découragement, je me suis laissé tomber sur le sol carrelé de la boutique. Soudain, sortant de ses tiroirs toutes sortes de parures, le bijoutier se mit à m'expliquer la différence entre l'or à dix-huit carats de celui à vingt-quatre carats, comment reconnaître un amalgame, comment le distinguer de l'or pur, ce que c'est que le cuivre, le platine, le saphir. Je ne comprenais pas un traître mot de ce qu'il me racontait. Alors il me traîna dans une mercerie où il me montra les bijoux fantaisie qu'on vendait d'ordinaire aux enfants. La paire de boucles d'oreilles que j'avais reçue en guise de salaire était pareille à celles qu'il me montrait.

J'ai pris congé du bijoutier, cet homme serviable et pusillanime. Je me trouvai au milieu d'un carrefour. Le brouillard était si épais qu'on n'y voyait pas à deux mètres. Pas âme qui vive. J'ai sorti mon couteau, décidé à le planter dans le premier venu afin de lui voler les mille dông qui m'auraient permis de manger un bol de *pho*. Car j'avais faim. Sauvagement. Comme un orang-outang, comme un sanglier, comme une bête échappée de l'enfer. Cela faisait six mois que j'avais faim. Six mois qu'on me servait des feuilles de patates, de pourpier et autres herbes, rien de bien nourrissant, comme vous voyez.

J'ai attendu longtemps au milieu du carrefour. La brume s'était dissipée. Un groupe de marchandes avec leurs paniers suspendus aux extrémités d'une palanche s'avança vers moi. J'entendis un rire aigu, puis : « Tiens, voilà quelqu'un qui attend de porter tes paniers, Phuong ! » Lorsqu'elles furent à ma hauteur, je reconnus avec stupeur la jeune fille qu'elles appelaient Phuong. C'était, trait pour trait, celle qui m'était apparue en imagination : le même visage, les mêmes sourcils, le même air intrépide, la même expression de candeur et d'indifférence. « Eh ! vous, là-bas ! fit mademoiselle Phuong, n'avez-vous pas envie de gagner un peu d'argent ? » « Bien sûr que si ! » dis-je. Elle me donna ses paniers : « Portez-les jusqu'au marché et je vous paierai de quoi aller chez le coiffeur ! Vous en avez bien besoin ! » Les autres filles éclatèrent de rire en me bourrant de petits coups dans le dos et sur le ventre. Je les suivis en portant ma palanche comme si c'était la chose la plus naturelle du monde. À côté de moi marchait mademoiselle Phuong. Son sac de faux cuir rouge dansait au rythme de ses pas.

On approchait le Têt, le marché était noir de monde. Mademoiselle Phuong n'eut aucun mal à vendre son riz. « Venez, me dit-elle après avoir tout vendu, allons manger un bol de vermicelle aux crabes ! Ensuite vous m'attendrez pendant que je ferai mes courses et vous m'aiderez à les porter à la maison. » Je fis oui de la tête et la suivis dans l'auberge où l'on servait de la soupe de vermicelles au crabe. Je me jetai sur mon bol que je vidai en deux lampées. Mademoiselle Phuong éclata de rire. « À quand remonte votre dernier repas ? » me demanda-t-elle. « À six mois », dis-je, tandis que des larmes me montaient aux yeux. Les gens s'arrêtèrent de manger, ils me regardaient d'un drôle d'air, comme s'ils ne me croyaient pas. Mademoiselle Phuong s'était arrêtée de manger, elle aussi. Elle me fixa longuement sans rien dire, puis : « Voulez-vous un peu de flan de riz ? » J'acquiesçai. Elle me fit apporter la moitié d'un plateau. Jamais je n'avais autant mangé.

Je portai les achats de mademoiselle Phuong jusqu'à chez elle. En fait, elle n'avait acheté que de la chaux et de la peinture ; je me demandais ce qu'elle voulait en faire. Elle habitait au bord d'un fleuve, comme moi autrefois, sauf que chez elle il y avait une église. Elle vivait avec son père et une tante aveugle dont je ne connaissais pas le nom de famille, mais que tout le monde l'appelait Maria. Mademoiselle Phuong avait aussi deux sœurs : Thuy et Liên. Dès que nous fûmes arrivés, elle lança à la ronde : « Voici un gamin que j'ai ramassé au bord de la route. Je ne crois pas qu'il fasse partie de ces vagabonds qu'on rencontre sur les chemins. Il m'a l'air d'un garçon plutôt honnête. » « Comment t'appelles-tu ? me demanda le père de mademoiselle Phuong. Tu n'es pas recherché pour vol au moins ? » « Je m'appelle Chuong, dis-je, je ne chaparde jamais ! » Le père rit : « Entends-tu par là que tu préfères être un grand bandit plutôt qu'un petit chapardeur ? D'ailleurs, si j'en juge par la forme de tes oreilles et par la ligne de ton nez, tu ne dois pas être quelqu'un d'ordinaire. Quel désespoir t'a poussé chez nous ? » « Mon destin ! » dis-je. Madame Maria s'approcha de moi, promena ses mains sur mon visage. « Jésus Marie ! s'écria-t-elle. Quel curieux visage ! Je ne sens rien d'autre que de la terre sous mes doigts ! »

Je suis resté un mois chez mademoiselle Phuong. Son père était le bedeau de la paroisse. Mon travail consistait à passer les murs de l'église à la chaux et à repeindre les portes et les fenêtres. Mais le plus difficile était de refaire la peinture de la statue de Jésus installée tout en haut du clocher. C'était une statue d'environ deux mètres. Elle représentait un Christ debout, les bras ouverts et les pieds posés sur un globe terrestre. Elle était placée de telle façon qu'il était impossible d'y installer un échafaudage. La seule solution consistait à se passer une corde autour de la taille, et à l'arrimer solidement à la statue. Mon contrat de travail ne prévoyait aucune assurance. « La paroisse s'engage à te nourrir trois fois par jour et à te payer deux cent mille dông à la fin des travaux, m'avait dit le père de mademoiselle Phuong. S'il t'arrive malheur, je me chargerai de tes obsèques. » J'ai repensé au salaire que m'avait promis la vieille dame de Son Tây et j'ai ri jusqu'aux larmes. « Réfléchissez bien avant d'accepter, me conseilla mademoiselle Phuong. Cette statue a deux cents ans, le plâtre doit être pourri ; si vous montez là-haut, vous risquez de vous briser les os ! » « Je m'en remets à Dieu, dis-je. S'il m'arrive quelque chose, alors ce sera la preuve qu'il n'existe pas ! »

J'ai mis un mois à badigeonner les murs de l'église à la chaux. Il fallait d'abord les décaper, passer deux couches de blanc et, pour finir, une couche de jaune. Mesdemoiselles Thuy et Liên m'assistaient, tandis que leur père supervisait le tout. « Dommage que tu ne sois pas catholique, me disait-il, autrement je t'aurais donné mes trois filles en mariage ! » Je rougis jusqu'aux oreilles. J'eus un rictus amer. Qu'est-ce qu'il croyait ? Que j'étais un chien en manque de femelle ? Ne voyait-il pas que mon cœur était pris ? Que je l'avais donné une fois pour toutes à mère Ca, la fille du génie des eaux ?

Après avoir refait la peinture des murs et des portes, je me suis attaqué à celle de la statue de Jésus. La veille du grand jour, mademoiselle Phuong m'a préparé une décoction de feuilles de basilic sacré, afin que je puisse m'en servir pour me laver le corps et les cheveux. Tout le monde était aux petits soins pour moi, car ils savaient que je risquais d'y laisser ma peau. Le père, surtout, ne tenait pas en place. Il se leva à minuit, prépara un thé bien corsé qu'il m'invita à boire avec lui. « Et si nous laissions tomber la peinture de la statue ? me suggéra-t-il. J'avoue que je n'aime pas trop te voir monter là-haut. » « Ne vous en faites pas pour moi, ce n'est jamais qu'un travail comme un autre ! » dis-je. « Tu as raison, c'est un travail comme un autre ! soupira-t-il. En tout cas, j'espère que tu ne m'en voudras pas si jamais il t'arrivait malheur ! » « Pourquoi vous en voudrais-je ? » Il ne répondit pas, il avait l'air de réfléchir. Au bout d'un moment, il me dit d'une voix hésitante : « Est-ce que... tu veux exprimer tes dernières volontés ? » J'éclatai de rire. « Des soixante millions d'habitants qui peuplent notre pays, je crois bien que les trois quarts me riraient au nez s'ils étaient au courant de mes dernières volontés », lui dis-je. « Je vois, fit-il. Bon, va te coucher maintenant. »

Je suis allé me coucher. En vérité, je me souciais comme d'une guigne de ce qui pouvait m'arriver. Depuis que j'avais quitté ma famille pour courir les routes, je n'avais pas souvent pensé à moi. Je vivais hors de la vie. Je ne m'intéressais ni à ma personne ni à ma condition. Qu'on me traite comme un prince ou comme une bête, peu importe ! Mon cœur s'était endurci, il était devenu sec. Certes, je n'ignorais rien de la sympathie que me portait mademoiselle Phuong, ni de celle qu'avaient pour moi mesdemoiselles Liên et Thuy. Je le savais et, cependant, je me trouvais dans l'impossibilité d'y répondre, parce que si je le faisais, alors ma vie ne serait en rien différente de celle de monsieur Nhiêu ou monsieur Hai Thin, elle ne serait en rien différente de celle des paysans de mon village ou des habitants de cette paroisse. Pourquoi m'arrêter ici, alors que cette Phuong-ci, tout comme la Phuong que j'avais rencontrée au cours de mon apprentissage en comptabilité, n'étaient que les avatars d'une même personne : la fille du génie des eaux, celle que j'espérais rencontrer un jour ?

Le lendemain matin, j'entrepris l'escalade du clocher. Une fois arrivé tout en haut, j'ai fait un nœud coulant avec la corde que j'avais prise avec moi, puis je l'ai passée autour du cou du Christ. J'ai attaché l'autre extrémité de la corde autour de ma taille, si bien que je travaillais le plus souvent suspendu dans le vide. Massés au pied de l'église, les paroissiens suivaient chacun de mes gestes en retenant leur souffle. En effet, il suffisait que je fasse une imprudence, que la corde se casse ou que je perde mon équilibre pour que je me retrouve projeté dans la cour de pierre située à vingt mètres plus bas.

J'étais si absorbé par mon travail que je ne voyais pas le temps passer. Les oiseaux avaient construit leur nid dans une des manches de la robe de Jésus, des brindilles de paille y pendaient comme des fils d'or.

Tout fut terminé avant la fin de la journée. J'étais particulièrement fier de moi, car je n'aurais jamais cru que j'arriverais à accomplir un tel exploit. Au moment de redescendre, je ne sais pas ce qui m'a pris, j'ai eu envie de laisser ma marque quelque part, sur le front serein du Christ par exemple. À force de chercher, j'ai trouvé un espace libre entre deux mèches ondulées de Jésus-Christ. J'y gravai mon nom avec la pointe de mon couteau. J'étais loin de me douter que ce simple geste allait, beaucoup plus tard, me coûter très cher.

J'étais juché sur l'épaule de la statue lorsque, levant les yeux, je vis brusquement la mer. Elle s'étirait comme un long ruban à l'horizon. Au même instant, j'entendis le battement sourd des vagues, on eût dit un homme qui haletait. Une auréole de lumière scintillait au-dessus de l'eau.

Je ne sais pourquoi, j'ai tout de suite pensé que c'était là que je retrouverais la fille du génie des eaux.

Lorsque je descendis de mon clocher, les paroissiens me firent un triomphe. Quant à moi, la tête me tournait, je me sentais plutôt mal. J'ai voulu m'allonger un moment sur l'une des marches de pierre, mais je m'évanouis avant d'y parvenir. Mon âme s'éleva de mon corps, légère comme une fumée. Elle commença par voler en rase-mottes au-dessus des marches, puis prenant son essor, plana par-dessus les toits de chaume, survola les meules de foin, les sentiers, les bananeraies et s'éloigna du côté des rizières craquelées de sécheresse... Je ne sais quand ni comment on m'a ramené chez moi.

Après quelques jours de repos, je me remis en route. Le jour de mon départ, je portais le même ensemble de coton brun que lors de mon arrivée. Mon couteau était suspendu à ma ceinture. Les adieux furent bien tristes. Madame Maria, le père de mademoiselle Phuong, mademoiselle Phuong ainsi que ses deux sœurs, tous voulaient me raccompagner jusqu'à la sortie du village. Ils marchèrent avec moi jusqu'à la bananeraie. Là, madame Maria me passa autour du cou une chaîne d'où pendait un crucifix, puis elle fit un signe de croix sur ma poitrine. Nous nous dîmes adieu. Ils s'en retournèrent, sauf mademoiselle Phuong qui continua encore un moment avec moi. « Ainsi, vous nous quittez pour de bon, frère Chuong ! » me dit-elle. « Oui. Au revoir, petite sœur. Et n'oublie pas de prier pour moi. » Elle se jeta contre ma poitrine en sanglotant : « Eh bien ! adieu, puisque la route t'appelle. Je pense qu'il est inutile de chercher à te retenir, n'est-ce pas ? Je t'en prie, prends bien soin de toi ! »

Je suis parti en courant. Devant moi, le fleuve roulait ses eaux tumultueuses. Les fleuves vont à la mer et la mer est immense. Quand je pense que j'ai vécu près de la moitié de ma vie sans avoir jamais vu la mer ! Le temps roule lui aussi ses jours tumultueux. Encore quelques années et ce sera l'an 2000…

J'ai marché droit devant moi. Quelles embûches me guettaient encore sur mon chemin ? Qui était-elle, cette fille du génie des eaux ? Où se cachait-elle ? Me donnerait-elle un peu d'espoir afin que je puisse continuer ma quête ?…

Table des matières

Aux *éditions de l'aube*
extrait du catalogue

Karel Pecka, *Le carré d'honneur*
J.J. Phillips, *Mojo hand*
J. et J. Tharaud, *La fête arabe*
B. Wongar, *Raki, la corde de chanvre*

Achevé d'imprimer en mars 1997
sur les presses des Impressions Dumas,
103, rue Paul-de-Vivie, 42009 Saint-Étienne,
pour le compte des éditions de l'Aube,
Le Moulin du Château, F-84240 La Tour d'Aigues

Numéro d'édition : 320

Dépôt légal : avril 1997

Imprimeur n° 33546

Imprimé en France